Alfred Hitchcock

Hitchcocks Krimikabinett

Botschaft mit Arsen

Franckh'sche Verlagshandlung
Stuttgart

Aus dem Amerikanischen übertragen von Thomas Schlück
Titel der Originalausgaben, aus denen die Geschichten entnommen wurden: »Alfred Hitchcock presents: This One Will Kill You«, »Alfred Hitchcock's Get me To The Wake On Time«, »Alfred Hitchcock's Murder Racquet« und »Alfred Hitchcock's Death Bag«, alle vier erschienen bei Dell Publishing Co. Inc., New York.

Schutzumschlag von Aiga Rasch

CIP-Kurztitelaufnahme der Deutschen Bibliothek

Botschaft mit Arsen / [aus d. Amerikan. übertr. von Thomas Schlück]. – Stuttgart : Franckh, 1984.
(Hitchcocks Krimikabinett)
ISBN 3-440-05305-9

Franckh'sche Verlagshandlung, W. Keller & Co., Stuttgart / 1984

ISBN 3-440-05305-9 / L 9 sp H ha
Printed in Czechoslovakia / Imprimé en Tchécoslovaquie
Satz: Fotosatz Stephan, Stuttgart
Gesamtherstellung durch Artia, Prag

Hitchcocks Krimikabinett

Botschaft mit Arsen

Der flüsternde Bandit

James Holding

Ich mag keine Kinder. Ihnen ginge das genauso, wenn Sie in meinen Schuhen steckten, die Größe 43 haben und vom Gefängnis ausgegeben wurden.

Vor der Sache im Süden der Stadt waren mir Kinder mehr oder weniger gleichgültig gewesen. Jedenfalls hatte ich nichts Besonderes gegen sie. Andererseits neigte ich nicht gerade zum Weinen, weil ich selbst keine hatte, zumal ich nicht verheiratet war.

Jedenfalls dachte ich an alles andere als an Kinder, als an jenem Abend Lieutenant Randall auftauchte – ich saß gerade in Tassos Taverne in Gesellschaft eines Mädchens namens Sally Ann.

Natürlich wußte ich nicht gleich, wer er war. Zu seinem dunkelblauen Anzug trug er eine gestreifte Krawatte und ein weißes Knöpfhemd. Außerdem hatte er ein aalglattes Benehmen, das ein Übermaß an Nettigkeit und Verständnis verhieß. Niemand konnte ihn für einen Bullen halten.

Aber er war einer. Das stellte ich sofort fest, als er mir sein Abzeichen hinhielt und seinen Namen nannte. »Und Sie sind Andrew Carmichael, nicht wahr?« fragte er höflich.

Ohne nachzudenken, antwortete ich: »Ja.«

Er nickte. Seine seltsam gelben Augen musterten mich mit großer Zuneigung – einen anderen Ausdruck vermochte ich darin nicht auszumachen. »Gut«, sagte er, »dann würde ich es begrüßen, wenn Sie zu einem kleinen Gespräch mit aufs Revier kämen, Mr. Carmichael. Haben Sie etwas dagegen?«

Etwas dagegen? Wer konnte unter den gegebenen Umständen etwas dagegen haben? Ich hatte meinen zweiten Martini erst halb getrunken, meine linke Hand ruhte unterhalb der Bar gefällig auf Sally Anns Oberschenkel. »Sofort?« fragte ich. Überraschenderweise klang meine Stimme ein wenig heiser. Ich räusperte mich.
»Sofort wäre mir genehm«, sagte Randall. Er beugte sich vor und blickte an mir vorbei auf Sally Ann. »Würden Sie ihn mal ein Weilchen entschuldigen, Miss?«
Sally Ann schob meine Hand von ihrem Bein und sagte: »Gern. Was immer er ausgefressen hat – ich hab' nichts damit zu tun. Ich kenne den Kerl erst seit einer Viertelstunde.«
So ist es nun mal. Wenn ein Bulle auf der Szene erscheint, geht die Liebe baden.
»Möchten Sie noch austrinken?« fragte Randall.
Ich hatte das Interesse an meinem Martini verloren. »Nein«, antwortete ich und stand auf. Randall überragte mich dennoch. »Ich bin bereit – trotzdem wär's schön, wenn man erfahren könnte, worüber Sie mit mir sprechen wollen.«
Randall grinste. Trotz der starren, gelben Augen war es ein jungenhaftes, fröhliches Grinsen. »Gibt keinen Grund, ein Geheimnis daraus zu machen«, sagte er, schob mich aus Tassos Taverne hinaus und auf einen Streifenwagen zu, der am Straßenrand parkte. Randall hielt mir die hintere Tür auf. Als ich eingestiegen war, folgte er mir hinein und nickte dem vorn sitzenden uniformierten Fahrer zu. »Wir wollen uns mit Ihnen über ein kleines Falschgeldproblem unterhalten, Mr. Carmichael«, sagte er.
Falschgeld. Ich atmete langsam aus und sagte: »Ich dachte, darum kümmern sich ausschließlich die Bundesbehörden, Lieutenant.«
»Stimmt. Allerdings hat dieser Fall Aspekte, die unseren Bereich betreffen, und darum kümmern wir uns. Verstehen Sie?«

Ich begriff gar nichts, aber das war im Augenblick nicht wichtig. Die Eisschicht, die sich über meinem Nervenzentrum gebildet hatte, als Randalls große Hand auf meinem Arm landete, begann zu schmelzen. Wenn es Randall um die Aufklärung eines Falschgeldverbrechens ging, dann hatte ich damit nichts zu tun. Dann war ich in Sicherheit – ich will Ihnen sagen, warum.

Ich kenne mich eigentlich mit vielen Dingen aus. Mein Allgemeinwissen dürfte überdurchschnittlich sein, wenn Sie die Wahrheit hören wollen – bei Geldfälscherei jedoch kann ich nicht mitreden. Ich wüßte kaum, wie ich das Wort schreiben sollte.

Falsche Geldscheine und Münzen haben mich nie gelockt – nein, eher hat mich der Gedanke an falsches Geld abgestoßen. Der wahre Jakob interessiert mich viel zu sehr, als daß ich mich mit billigem Ersatz abgeben wollte. Deshalb konnte ich auch aufatmen, als Lieutenant Randall von der Geldfälscherei anfing. Auf mich konnten es die Burschen nicht abgesehen haben – nicht wegen falscher Dollarscheine.

Hätte der Lieutenant »bewaffneter Raubüberfall« gesagt, also, dann hätte ich mir vielleicht Sorgen gemacht. Denn mit bewaffneten Raubüberfällen, besonders in Banken, kannte ich mich schon eher aus. In den letzten beiden Jahren hatte ich achtzehn Bankzweigstellen ausgeraubt, ohne daß man mich schnappen konnte oder auch nur der Schatten eines Verdachts auf mich fiel.

Ich war stolz auf meinen Erfolg. Immerhin ist Bankraub ein anstrengender Job. Man braucht einen sorgfältig ausgearbeiteten Plan, Mut, Intelligenz und ein gutes Gefühl für den richtigen Zeitpunkt – natürlich abgesehen von einem System. Für die Arbeit in der Bank braucht man einen Kniff, eine Methode, die eine Million von Kleinigkeiten berücksichtigt und trotzdem glatt und unkompliziert abläuft. Das ist nicht einfach; besonders nicht, wenn man es mit bewaffneten

Wächtern, lautlosen Alarmanlagen, verborgenen Kameras, Polizeistreifen, hysterischen Kassierern und einer ganzen Ladung ähnlicher unberechenbarer Faktoren zu tun bekommt; gar nicht zu reden von den wichtigen Entscheidungen – etwa die Frage, welcher Kassierer der fraglichen Bank wohl am leichtesten einzuschüchtern ist, welche Bank man sich um welche Tageszeit vornehmen muß und auch – und das mag Ihnen seltsam vorkommen –, wieviel Kasse man machen will.

Ja, das ist wichtig. Wenigstens ist es in meinem System wichtig. Ich begnüge mich bei jedem Job mit einer relativ bescheidenen Einnahme. Und zwar mit dem Barvorrat eines einzelnen Kassierers – nicht mehr, nicht weniger. Die Methode ist schnell und sauber, und die Beträge sind den Banken und ihren Versicherungen nicht sonderlich wichtig. Ein paar hundert Scheine, vielleicht sogar ein paar tausend? Vergiß es, Charlie. Eine Kleinigkeit! Sorg nur dafür, daß du heute abend den Panzerschrank im Keller richtig abschließt, wo die großen Beträge lagern!

Begreifen Sie, was ich meine? Man kann eine ganze Menge kleiner Kiesel in einen Teich werfen, ehe man etwas in Bewegung bringt, doch wuchtet man einen zwei Tonnen schweren Brocken ins Wasser, dann ist die Hölle los.

Meine Methode, die die Bullen einen MO nennen, war gut, das muß ich selbst sagen. Die Zeitungen und Rundfunkstationen in der Stadt nannten mich seit zwei Jahren den Flüsternden Banditen und lagen der Polizei in den Ohren, mich doch endlich zu erwischen, bisher allerdings ohne Erfolg, weil ich mich mit den kleinen Kieseln begnügte, den regelmäßigen, bescheidenen Beutezügen. Mir war das nur recht. Wer braucht schon ein großes Vermögen? Ich jedenfalls nicht. Ein paar hundert Scheine im Monat außerhalb meines regulären Gehalts verschafften mir alle Martinis und Sally Anns, die sich mein Herz nur wünschen konnte.

Sie können sich also vorstellen, daß ich erleichtert war, als Lieutenant Randall von Geldfälscherei anfing. Sie verstehen auch, warum ich ruhig und gelassen war, als ich ihm im Revier an seinem zerkratzten alten Tisch gegenübersaß. Da ich ein reines Gewissen hatte, lehnte ich mich auf dem Holzstuhl zurück und wartete auf seinen Eröffnungszug.
Er bot mir eine Zigarette an. Ich lehnte ab, und er zündete sich selbst eine an und lehnte sich ein wenig zur Seite, um das Streichholz in den Papierkorb fallen zu lassen. Dann sagte er: »Sehr nett von Ihnen, bei dieser Sache mitzuwirken, Mr. Carmichael. Sie müssen mir glauben, daß ich das wirklich zu schätzen weiß.«
Ich zuckte die Achseln. »Wirke ich mit, oder bin ich verhaftet? Stellen Sie mich unter Anklage, Lieutenant?«
Er schien ehrlich entsetzt zu sein. »Verhaftet? Sie unter Anklage stellen? Sie haben mich leider mißverstanden.«
»Sie haben gesagt, Sie wollten sich über Geldfälscherei mit mir unterhalten.«
»Aber ja doch.« Er ließ eine Rauchwolke aufsteigen. »Und das will ich auch.« Er hustete. »Ich rauche nicht auf Lunge«, erklärte er mir brav. »Nun zur Falschgeldsache. Ich wurde heute abend aus Tassos Taverne angerufen. Man meldete uns, an der Bar sei ein gefälschter Geldschein vorgelegt worden – daraufhin schickte ich natürlich einen Mann los, der sich das ansehen sollte. Und tatsächlich – jemand hatte Tassos Barmann mit einem falschen Schein hereingelegt.«
»Pech für Tasso«, sagte ich, »aber was hat das mit mir zu tun?« Der Unsinn reichte mir langsam.
»Sie waren doch dort, oder?« fragte er vernünftig. »An der Bar, mit der jungen Dame?«
»Das wissen Sie doch ganz genau. Und muß ich deshalb hier den ganzen Abend vergeuden?«
»Von müssen kann doch wohl keine Rede sein«, sagte der Lieutenant gekränkt. »Ich habe Sie – höflich – gefragt, ob Sie

etwas dagegen hätten, auf ein Gespräch mit ins Revier zu kommen, und Sie erklärten sich ohne weiteres damit einverstanden. Ist das Zwang? Oder ein freiwilliges Mitwirken?«
»Na schön, es ist freiwillig – trotzdem Zeitverschwendung.«
»Ich bin froh, daß wir das geklärt haben«, sagte Randall.
»Unsinn!« regte ich mich ein wenig auf. »Tun Sie mir einen Gefallen, ja? Wo ich schon hier bin, sollten Sie schnell Ihre Fragen stellen und die Sache zu Ende bringen, denn dies ist das letztemal, daß ich so etwas mitmache, darauf können Sie sich verlassen. Sie können mit ehrlichen Bürgern nicht einfach umspringen, als wären sie Verbrecher!«
Randall lächelte. »Da muß ich Ihnen ein wenig die Augen öffnen, Mr. Carmichael. Wir können mit ehrlichen Bürgern umspringen, wie wir wollen. Es sind die Verbrecher, die wir mit Samthandschuhen und Respekt behandeln müssen. Wenn Sie mir das nicht glauben, sollten Sie das Oberste Gericht fragen.« Er drückte in einem schmutzigen Aschenbecher seine Zigarette aus und blickte mich dann offen an. »Der Barmann in Tassos Taverne«, sagte er, »hat Sie als den Kunden bezeichnet, der den falschen Geldschein vorgelegt hat.«
Das überraschte mich nun wirklich. Es beunruhigte mich auch ein wenig, und ich dachte an das unterbrochene Gespräch mit Sally Ann zurück. Ich wußte, daß ich unsere Drinks mit einem alten Fünfziger bezahlt hatte – Präsident Grants Gesicht auf dem Geldschein war zerknittert und verschmutzt gewesen. Dieser Geldschein konnte nur auf einem Weg in meinen Besitz gekommen sein. »Ich?« fragte ich Randall in ungläubigem Ton.
Er nickte. »Der Barmann sagt, es wäre der einzige Fünfzigdollarschein, den er diese Woche bekommen hat.«
Heute weiß ich, daß ich mich zu dem Fünfziger hätte bekennen sollen, mit der Aussage, ich hätte ihn irgendwo im Vorbeigehen beim Glücksspiel oder beim Rennen gewonnen oder an einem anderen Ort, wo man keine Nachforschungen mehr

anstellen konnte. Statt dessen machte ich einen schlimmen Fehler. Ich tat amüsiert und erleichtert und rief: »Ein Fünfziger! Dann irrt sich der Barmann in der Person, von der er das Geld bekommen hat. Ich hab' seit zehn Jahren keinen Fünfzigdollarschein mehr *gesehen*, geschweige denn einen ausgegeben, Lieutenant!« Um ihn zu überzeugen, griff ich auf die Wahrheit zurück. »Ich bin Hilfskoch in MacDougals Nachtrestaurant und arbeite von Mitternacht bis acht Uhr früh. Kennen Sie viele Köche, die mit solchen Scheinchen angeben können?«

»Nein«, murmelte Randall, »das könnte ich nicht behaupten. Allerdings war sich der Barmann ziemlich sicher, den Schein von Ihnen bekommen zu haben.«

»So wie's bei Tasso heute zuging, würde der sich nicht erinnern, wenn die eigene Großmutter ihm das Ding angedreht hätte. Der Laden war knüppeldickevoll. Sie haben's ja selbst gesehen – an der Bar standen die Leute in drei Reihen hintereinander. Der Barmann hatte viel zuviel zu tun, um sich klar zu erinnern.«

Randall zuckte widerstrebend die Achseln. »Möglich«, sagte er. »Jedenfalls hatte ich Sie deswegen um dieses Gespräch gebeten.«

»Aber klar doch, Lieutenant«, sagte ich. »Ich nehm' Ihnen das nicht übel, wo Sie mir jetzt alles erklärt haben. Wenn Sie's genau wissen wollen, ich habe für unsere vier Drinks, Sally Anns und meine, mit einem Fünfdollarschein bezahlt und dem Barmann die Hälfte des Wechselgeldes als Trinkgeld gegeben.« Ich äußerte mich zuversichtlich; in dieser Sache stand das Wort des Barmannes gegen das meine. Sally Ann wollte ich aus der Sache heraushalten. Beim Trinken sah sie ohnehin nichts anderes als das eigene Bild im Spiegel hinter der Bar.

Randall senkte die Lider über seine katzenhaft blickenden Augen und seufzte. Ich hatte den Eindruck, ihn überhaupt zum erstenmal blinzeln zu sehen. Wenn die gelben Augen verdeckt waren, wirkte sein Gesicht total verändert. »Also dann«, sagte er, »wenn Sie den Fünfziger nicht in Umlauf gebracht haben, vielleicht können Sie mir trotzdem ein wenig weiterhelfen, Mr. Carmichael.«

»Ich will es versuchen.«

»Nennen Sie mir die Namen von Bekannten, die Sie heute abend in Tassos Bar gesehen haben. *Irgend jemand* hat mit dem Fünfziger bezahlt, und ich muß feststellen, wer es war. Wenn Sie mir zunächst einige Namen nennen könnten . . .« Er hielt hoffnungsvoll inne.

Ich schüttelte den Kopf. »Ich kannte nur Sally Ann, und die hatte mir nicht mal ihren Nachnamen genannt. Sie wissen ja, wie das so ist. Man geht auf einen Drink in eine Bar und bittet ein Mädchen, einen mitzutrinken, so zur Gesellschaft. Vielleicht kann der Barmann Ihnen weiterhelfen.«

Randall seufzte. »Das hoffe ich.«

Ich stand auf. »Was dagegen, wenn ich jetzt verschwinde?«

Er bewegte die Hand hin und her. »Durchaus nicht. Aber ich fahre Sie zurück. Das ist das Mindeste, was ich für Sie tun kann.« Er warf einen Blick auf die Uhr. »In etwa fünf Minuten kann ich hier weg, wenn Sie solange warten wollen.«

Ich wollte nicht warten. Ich wollte schleunigst von Randalls gelben Augen und seiner falschen Höflichkeit weg; und auf keinen Fall wollte ich in Tassos Taverne zurückkehren. »Vielen Dank«, sagte ich, »aber ich nehme ein Taxi.«

»Wie Sie wollen«, erwiderte er. Und in anderem Tonfall fuhr er fort: »Wissen Sie, Mr. Carmichael, ich erhoffe mir eigentlich sehr viel von dieser speziellen Fünfzigdollarnote.«

»Erhoffen?« fragte ich. »Was denn?«

»Na, daß sie mich zum Flüsternden Banditen führt«, antwortete Randall.

Ich erstarrte. Eine Sekunde lang wagte ich nicht, den Kopf zu drehen, aus Angst, mein Halsgelenk könnte knirschen. »Der

Flüsternde Bandit? Sie meinen den Bankräuber, von dem immer wieder in den Zeitungen berichtet wird?« Die Worte fielen mir schwer.
»Genau der«, sagte Randall. »Ein mieser kleiner Dieb, der achtzehnmal hintereinander Glück gehabt hat.«
Ich ließ mich vorsichtig wieder in den Stuhl sinken, und mein Gesicht war eine Studie lebhaften Interesses. Ohne mir auch nur im geringsten die Kränkung anmerken zu lassen, die er mir und meinem System angetan hatte, fragte ich beiläufig: »Wie soll ein falscher Geldschein Sie zu einem Bankräuber führen, Lieutenant? Das ergibt für mich keinen Sinn.«
»Oh, auf eine Weise hat es schon einen Sinn, im Rahmen des verrückten Plans, den wir gerade ausprobieren . . . aus Verzweiflung, könnte man sagen.« Er nahm die Lippen zwischen die Zähne und richtete den Blick auf einen spinnwebenverhangenen Deckenwinkel. Ich wartete darauf, daß er weitersprach, und versuchte, nicht zu neugierig auszusehen.
Endlich fuhr er fort: »Es ist ein kindischer Plan, ehrlich kindisch. Wahrscheinlich klappt er nicht. Wie auch? Er kommt nicht mal von einem Polizeibeamten, sondern von einem Amateur. Ein interessierter Leser schrieb einen Brief an den Präsidenten der letzten Bank, die vom Flüsternden Banditen ausgeraubt wurde, und machte den Vorschlag.«
Ich hielt den Mund und atmete auch nicht sonderlich viel.
»Ein verrückter Einfall«, fuhr Randall fort, »aber ich war zu allen Schandtaten bereit, nur um die Zeitungen loszuwerden.« Er warf mir einen unsicheren Blick zu. »Wo Sie nun schon darunter zu leiden hatten, Mr. Carmichael, haben Sie wohl das Recht, mehr darüber zu erfahren – wenn es Sie interessiert.«
«Es interessiert mich«, sagte ich. »In der Stadt interessiert sich jeder für den Flüsternden Banditen.«
»Da haben Sie recht! Kurz gesagt geht es darum, daß der falsche Fünfzigdollarschein bei Tasso eine Art Falle ist.«

Ich spürte ein kaltes Kribbeln im Nacken und machte kehrt, um zu schauen, ob etwa die Bürotür hinter mir geöffnet worden war. Aber das war sie nicht.

»Eine Falle?« wiederholte ich.

Er nickte. »Sie müssen sich klarmachen, daß wir den MO des Flüsternden Banditen inzwischen recht gut kennen.«

»Was ist ein MO?« Ich hatte das Gefühl, diese Frage stellen zu müssen.

»Der Modus Operandi, die Tatmethode. Zum Beispiel äußert sich der Flüsternde Bandit während der Überfälle stets flüsternd, um seine Stimme zu verbergen. Außerdem arbeitet er immer allein. Verändert jedesmal sein Aussehen. Nimmt bei jedem Überfall das Geld nur von einem Schalter. Führt die Überfälle ausschließlich während der Mittagsstunde in kleinen, abgelegenen Zweigstellen durch, deren geographisches Auswahlmuster inzwischen schon ziemlich klar definiert ist. Solche Sachen – die gehören alle zu seinem MO. Verstehen Sie das?«

»Ja, aber nicht die Sache mit dem falschen Geldschein.«

»Darauf komme ich gleich. Wo wir nun den regulären MO des Flüsternden Banditen kennen, lassen sich gewisse Schritte im voraus berechnen, nicht wahr? Wir können uns ungefähr ausrechnen, welche Banken er sich als nächste vornimmt und – was noch wichtiger ist – auf welche Kassiererin er am wahrscheinlichsten seine Woodsman-Pistole richten wird, um dann das Geld aus den Kassenfächern zu verlangen.«

»Sie machen Witze«, sagte ich.

»O nein«, gab er zurück. »Gehört alles zu seinem Verhaltensschema. Er überfällt stets nur Kassiererinnen, niemals Männer, und ausnahmslos die *hübscheste* Kassiererin in der Bank.«

Ich starrte ihn an. Er eröffnete mir da Dinge über mein System, die ich nicht einmal selbst wußte. »Wieso die hübscheste Kassiererin?«

Randall lachte auf. »Wahrscheinlich ist der Kerl ein Psycho und hat seinen Spaß daran, hübsche Mädchen mit der Waffe zu erschrecken. Was weiß ich? Jedenfalls war das die Grundlage unserer Falschgeldfalle.«
»Die Sache mit der hübschen Kassiererin?«
»Das – und die Liste der Zweigstellen, von denen wir vermuteten, daß er sie sich als nächste vornehmen würde. Wissen Sie, in jeder dieser möglichen Zweigbanken haben wir uns die hübscheste Kassiererin ausgesucht – besser gesagt: die Kassiererin, die der Flüsternde Bandit nach seinen bisherigen Entscheidungen für die hübscheste halten würde. Jeder dieser Damen machten wir ein kleines Bündel Geld zurecht, das sie laufend in ihrem Barbestand aufbewahren mußte. Einige echte Zehner und Zwanziger und dazwischen zwei gefälschte Fünfziger, die wir uns vom Schatzamt ausgeliehen hatten. Natürlich gebrauchtes Geld, ohne Banderole, lose im Fach stehend, nur herauszunehmen, wenn der Flüsternde Bandit auf der Bildfläche erschien. Außerdem legten wir mit jeder dieser Kassiererinnen folgendes fest: Wenn der Flüsternde Bandit wirklich mittags an ihrem Schalter erschien, sollte sie ihm sofort und ohne Widerworte das gesamte Geld ihrer Kasse geben – und besonders den Stapel mit den beiden falschen Fünfzigern darin. Begreifen Sie langsam, was wir im Schilde führen, Mr. Carmichael?«
»Klar doch«, sagte ich mit trockener Kehle. »Und anschließend ließen Sie vermutlich verbreiten, daß falsche Fünfzigdollarscheine unterwegs wären, und forderten Läden und Bars und so weiter auf, darauf zu achten, stimmt's?«
»Stimmt.«
»Aha.« Ich rang mir ein schwaches Grinsen ab. »Deshalb hat Tassos Barmann Sie also so schnell angerufen.«
»Ja. Der falsche Geldschein ließ bei ihm alle Alarmklingeln anschlagen. Ich dachte, wir hätten endlich den Flüsternden Banditen, denn in der Beute, die er vor zwei Wochen in der

Süd-Zweigstelle der Second-National-Bank machte, waren zwei falsche Fünfzigdollarscheine – und dies war einer davon. Einwandfrei festzustellen.«

Mir war übel. *Zwei* falsche Fünfzigdollarscheine; folglich befand sich der andere noch unter der Matratze meines Bettes in dem billigen Hotelzimmer, in dem ich wohnte. Ich muß raus hier! sagte ich mir in panischem Entsetzen. Ich muß schleunigst nach Hause. Ich muß den verdammten Schein verbrennen, ich muß aus der Stadt . . .

Randalls Telefon klingelte. Er nahm den Hörer auf und hörte einer blechernen Stimme zu, wobei er ab und zu mit dem Kopf nickte. Als er aufgelegt hatte, sagte er: »Dieser Anruf betraf Sie, Mr. Carmichael.«

»Mich?« fragte ich.

»Einige von meinen Jungs haben sich Ihr Zimmer angesehen.« Der Lieutenant schien sich förmlich zu entschuldigen. »Und leider hatte Tassos Barmann wohl recht, wenn er sagte, daß Sie mit dem Schein bezahlt haben, Mr. Carmichael!«

Vernichtende Worte! Beiläufig ausgesprochen, trotzdem bedeuteten sie das Ende. Ich drehte durch. Meine Stimme stieg um eine Oktave an. »Mein Zimmer angesehen?«

Randall hob beruhigend eine Hand. »Alles ist in Ordnung«, sagte er. »Die Beamten hatten einen einwandfreien Durchsuchungsbefehl. Genaugenommen war der schon seit einem Monat fertig – es fehlte nur noch Ihr Name darin.« Er hustete. »Tassos Barmann hat daran gedacht, als er den gefälschten Geldschein meldete. Anscheinend kannte er Sie beim Namen, weil Sie mal über Tassos Bartelefon angerufen wurden und das Gespräch entgegennahmen, als der Barmann fragte, ob Andrew Carmichael im Hause wäre. Erinnern Sie sich daran?«

Nur zu gut. Das Gefühl der Kälte breitete sich vom Nacken über meine Schulterblätter aus. Ich versuchte, mir etwas zu überlegen.

Randall gab mir dazu keine Gelegenheit. Er sprach sofort weiter. »Sobald wir Ihren Namen hatten, brauchten wir keine fünf Minuten, um Ihre Anschrift zu ermitteln, den offenen Durchsuchungsbefehl zu ergänzen und die Jungs in Ihr Hotel zu schicken. Dann suchte ich Tassos Taverne auf.«

»Sie haben gesagt, ich wäre nicht verhaftet!« Selbst für meine Ohren hatte meine Stimme einen schrillen Klang. »Sie haben gesagt, ich würde nicht unter Anklage gestellt.«

»Das galt für den Moment. Jetzt aber ist das etwas anderes.«

Ich tat, was ich konnte. »Sie haben mich unter Vorspiegelung falscher Tatsachen hergelockt, Lieutenant. Sie haben mich verhört, ohne daß mein Anwalt dabeisein konnte und ohne mich über meine Rechte aufzuklären. Sie haben den mir verfassungsmäßig zustehenden Anspruch auf . . .«

Wieder schloß Randall die Augen. »Ich habe nichts dergleichen getan.«

»O doch! Sie haben mich verhört. Sie haben mich – zumindest indirekt – beschuldigt, der Flüsternde Bandit zu sein. Sie haben versucht, mich durch Tricks zu einem Geständnis zu bewegen.«

»O nein.« Er griff in eine Schreibtischschublade und holte ein kompaktes Tonbandgerät hervor. »Ich glaube, dieses Band wird bestätigen, daß die Fragen im wesentlichen von Ihnen ausgingen, während die Geständnisse, wenn man sie so nennen kann, von meiner Seite kamen, als ich Ihnen nämlich von unserer kleinen Falle für den Flüsternden Banditen erzählte.«

Wann hatte er das Tonband eingeschaltet, der raffinierte Hund? Als er sich zur Seite beugte, um das abgebrannte Streichholz in den Papierkorb zu werfen?

Ich versuchte es noch einmal. »Sie haben mich absichtlich hier festgehalten, während Ihre Männer mein Zimmer durchsuchten.«

»Das gebe ich zu«, sagte er offen. »Und wollen Sie nicht mal wissen, was meine Leute gefunden haben?« Da ich nicht antwortete, fuhr er fort: »Ich will es Ihnen sagen. Erstens eine gefälschte Fünfzigdollarnote zusammen mit echtem Geld unter der Matratze und mit einer Seriennummer, die sie als eine der beiden falschen Fünfziger identifiziert, die vor zwei Wochen in der Süd-Zweigstelle der Second-National-Bank geraubt wurden. Zweitens drei Perücken, drei Paar falsche Augenbrauen, zwei falsche Schnurrbärte und Bärte in passenden Farben. Weiterhin: ein Woodsman-Colt. Und: eine komplette Akte von Zeitungsartikeln über die Untaten des Flüsternden Banditen, vor gut zwei Jahren begonnen.« Er musterte mich traurig und schnalzte mit der Zunge. »Muß ich noch weitersprechen, Mr. Carmichael?«

Bedrückt schüttelte ich den Kopf.

»*Jetzt* können Sie Ihren Anwalt anrufen«, fuhr Randall fort. »*Jetzt* klagen wir Sie des mehrfachen bewaffneten Raubüberfalls an. *Jetzt* ist es die besondere Sorge des Obersten Gerichts, daß Sie nur ja rücksichtsvoll, liebevoll behandelt werden. Denn jetzt werden Sie garantiert ein wenig Zeit im Bau verbringen – als Flüsternder Bandit.«

Ich zweifelte nicht an seinen Worten. »Sehr schlau, Lieutenant«, sagte ich. »Sehr raffiniert gemacht. Sie haben mich da hübsch reingelegt, das muß ich zugeben.«

»Es ist nicht mein Trick. Das habe ich Ihnen schon gesagt.« Randall öffnete umständlich die Mittelschublade seines Schreibtisches. »Ich habe hier den Originalbrief, in dem der Vorschlag gemacht wird.« Er nahm ein Blatt Papier heraus. »Hier ist er. Möchten Sie ihn lesen?«

Er hielt mir den Brief hin. Automatisch griff ich danach und las die Zeilen, die mit Bleistift darauf gekritzelt waren:

> Lihber President der Bank,
> ich weiß, wie man den Flüstrnden Banditn reinlegn kann. Wenn er ihre Bank überfellt, können Sie ihm ja Spielgeld geben anstat echtes Geld. Vielen Dank.
>
> Richard Stevenson, 9 Jahre

Ich warf den Brief auf Randalls Tisch. Er betrachtete mich, und sein Gesichtsausdruck war schwer zu deuten. »Der Bankpräsident hat für Richard Stevenson bei sich ein Konto über fünf Dollar eingerichtet«, sagte er. »War das nicht nett von ihm?«
»Riesig nett«, sagte ich und begann zu lachen.
Können Sie mir verdenken, daß ich nichts für Kinder übrig habe?

Botschaft mit Arsen

John Lutz

Sie saßen im Büro des Polizeipräsidenten. Snodman, Universitätsabschluß, Primus seiner Klasse auf der Polizeiakademie, Anführer des Debattierklubs und regionaler Schachmeister, schob mit dem kleinen Finger seine schwarze Hornbrille hoch und starrte auf den Streifen Papier, den der Polizeipräsident ihm gereicht hatte.

Meine Opfer kenn' ich gut,
Noch immer hat's geklappt.
Ich erwisch' sie unvermut',
Sind keine Gegner für Schnapp.

»Primitiv«, sagte Snodman. »Was soll das heißen, Sir?«
»Ich kenne diese Briefchen«, sagte Polizeichef Moriarty. »Sie kommen von einem Mann, den die Unterwelt den ›Schnapper‹ nennt.«
»Ein Berufskiller, Sir?« fragte Snodman und musterte Moriarty mit gefühllosen blauen Augen. Snodman war immer wieder fasziniert von der Tatsache, daß ein Mann namens Moriarty vom Schicksal dazu ausersehen war, Polizeipräsident zu sein und dabei so auszusehen, wie man sich den erfundenen Sherlock Holmes vorstellte – mit hagerer Falkennase, klugen grauen Augen und sogar der Angewohnheit, dann und wann eine im Stiel leicht gekrümmte Pfeife zu rauchen.
»Wahrscheinlich der bedeutendste Berufskiller, mit dem es die Polizei je zu tun hatte«, sagte der Polizeipräsident. »Es geht das Gerücht, er arbeitet höchstens einmal im Jahr für das

Syndikat und bekommt für jeden Auftrag mindestens fünfzigtausend Dollar. Ich persönlich weiß von mindestens sechs Arbeiten in verschiedenen Städten, die seine Handschrift tragen.«

Snodman, der ebenfalls Pfeifenraucher war, schob sich das Mundstück zwischen die Lippen und griff nach dem Tabaksbeutel. »Woher wissen Sie so genau, daß in jedem Fall der . . . Schnapper dahintersteckt, Sir? Der *Modus Operandi*?«

Der Polizeipräsident lächelte. »Gerade auf seinen MO ist er sehr stolz. Den wechselt er nämlich mit jedem Auftrag. In Chicago, wo es um die Beeinflussung von Sportveranstaltungen ging, war es ein explodierender Basketball; vor zwei Jahren ertrank der Paßfälscher Hans Greiber in einem dieser kleinen deutschen Wagen, der mit Wasser angefüllt war; und bestimmt erinnern Sie sich noch, wie Joe Besini aufgefunden wurde, der gegen das Syndikat aussagen wollte – unter einer heißen Pizza erstickt.«

»Grauslich«, sagte Snodman.

»War auch noch eine Pizza mit Anchovis.« Polizeipräsident Moriarty schüttelte nachdenklich den Kopf. »Es steht fest, daß in jedem dieser Fälle das Opfer von der Gefahr wußte und unter Polizeischutz stand. In jedem einzelnen Fall warnte der Schnapper das Opfer mit einem seiner kleinen Gedichte. Ein hochentwickeltes Gefühl für Fairneß, wenn Sie mich fragen.«

»Ja«, stimmte Snodman zu und veränderte seine Position in dem ledernen Bürosessel, damit seine Hose keine Falten bekam. Er war einer der bestgekleideten Beamten in der Abteilung und stolz darauf. »Vermutlich hat man alles versucht, ihm durch die Gedichte auf die Spur zu kommen«, bemerkte er.

Der Polizeipräsident nickte. »Wie Sie sehen, sind sie mit Tinte auf billigem Papier geschrieben. Das Papier ist zu weit verbreitet, um irgendwelche Anhaltspunkte zu bieten, und mit den Blockbuchstaben wissen unsere Experten nichts anzufangen, außer daß es sich um die Arbeit eines umsichtigen, sorgfältigen Individuums handelt – und das hätte ich Ihnen auch so sagen können.«

Snodman legte die noch ziemlich jugendliche Stirn in Falten. »Aber warum schickt er die Gedichte? Begreift er nicht, daß er damit sein Risiko erhöht, erwischt zu werden?«

Der Polizeipräsident beugte sich über den Tisch. »Fair play, Snodman. Die Psychologen meinen, er wäre so schlau und sich seiner selbst dermaßen sicher, daß sein Gewissen ihn zwinge, den vorgesehenen Opfern eine Warnung zukommen zu lassen. Ihrer Meinung nach will der Schnapper einerseits seine Anonymität wahren, andererseits aber mit seiner Arbeit prahlen – folglich schreibt er Gedichte. Einige sind sogar recht gut.«

Snodman, der sich als eine Art Literaturexperte sah, hätte seinem Vorgesetzten am liebsten widersprochen, überlegte es sich aber anders. Außerdem interessierte er sich für die Frage, warum ihm der Polizeipräsident den Fall vortrug, und wartete geduldig darauf, daß sein Chef zur Sache käme.

»Tatsache ist«, sagte Moriarty und biß auf dem geschwungenen Pfeifenstiel herum, »daß ein Mann namens Ralph Capastrani sich bereit erklärt hat, nächsten Monat vor einem Senats-Unterkomitee auszusagen. Es geht dabei um das organisierte Verbrechen. Wir dachten, die Sache wäre geheim geblieben, haben Capastrani aber trotzdem bewacht. Heute früh erhielt ich dann mit der Post dieses Gedicht.«

»Weiß Capastrani davon, Sir?«

»Nein. Wir wollen nicht, daß er vor der Anhörung aus Sorge einen Herzanfall bekommt. Wir werden alles tun, um zu verhindern, daß sich der Schnapper beim Syndikat wieder einmal ein Vermögen verdient. Capastrani wird in einem Zimmer im Paxton-Hotel, zwei Querstraßen entfernt, bewacht. Wir haben ihn heute früh dorthin gebracht.« Der Polizeipräsident hielt inne, um die Wirkung seiner Worte zu steigern, und drückte dann die Fingerspitzen auf die Glasplatte seines Schreibtisches. »Ab sofort wird es Ihre Aufgabe sein, ihn zu bewachen.«

»Ich fühle mich geehrt, daß Sie solches Vertrauen in mich haben, Sir«, entgegnete Snodman, der sich in Wirklichkeit ärgerte, daß der Polizeipräsident wohl annahm, er könnte Schwierigkeiten haben, den Verfasser solcher Knüttelverse zu überlisten.

Polizeipräsident Moriarty setzte sein Holmes-Lächeln auf. »Sie sind einer der gebildetsten Männer, die wir bei der Polizei haben, ausgesprochen tüchtig und fleißig. Nur wenige Männer Ihres Kalibers entscheiden sich für eine Polizeilaufbahn, und Ihre berufliche Hingabe steht außer Zweifel. Ich kann mir bei uns keinen Mann vorstellen, der besser dazu geeignet wäre, den Schnapper hereinzulegen.«

Snodman ließ die Flut der Komplimente gelassen an sich abrinnen.

Der Polizeipräsident ergriff einen silbernen Brieföffner und schlitzte sauber einen der vielen Umschläge auf, die vor ihm lagen. »Capastrani befindet sich in Zimmer 24 im zweiten Stockwerk«, sagte er und beendete damit das Gespräch. »Ich schaue später zur Kontrolle mal vorbei.«

Snodman erhob sich lässig und verließ das Zimmer.

Apartment 24 war klein und spärlich, aber geschmackvoll eingerichtet. Die Fenster, die außen flach mit der Hauswand abschlossen, waren mit Jalousien verhangen, die Zuleitungen für Heizung und Klimaanlage hatte man zugestopft; für einen unzureichenden Ausgleich sorgte ein gemietetes Klimagerät, das man in ein Fenster eingehängt hatte; dreimal am Tag wurden Speisen heraufgebracht, von einem Kellner, den man vor dem Eintritt sorgfältig durchsuchte. Vor der Tür zum Flur stand ein bewaffneter Polizist; vor der Schlafzimmertür saß Snodman; im Schlafzimmer lag Capastrani und schlief den Schlaf des Gerechten. Apartment 24 war uneinnehmbar.

Capastrani, ein gedrungener, behaarter Mensch, hatte offensichtlich Vertrauen in seine Freunde und Helfer, denn er verbrachte den größten Teil seiner Zeit mit Schlafen und Essen; aber was gab es in Apartment 24 anderes zu tun, als auf das monotone Summen des Klimageräts zu lauschen?
Snodmans Gedanken beschäftigten sich mit dem Preis, den das Syndikat für Capastranis Tod bezahlen mußte. Sie beschäftigten sich mit Polizeichef Moriarty und seinem gründlichen Wissen über den Schnapper. Der Mann hatte sogar mit einem Polizeipsychologen gesprochen. Snodman hatte das Funkeln in den Augen des Polizeipräsidenten gesehen und wußte, er war entschlossen, den Schnapper abzuwehren oder gar zu verhaften. Polizistenträume, sagte sich Snodman lächelnd.
Der lange Tag verging ohne besondere Zwischenfälle. Mit Eintreffen der neuen Schicht um drei Uhr war auch der Beamte vor der Tür abgelöst worden. Capastrani war aus seinem Zimmer gekommen, hatte kurz sein spätes Frühstück und Mittagessen hinuntergeschlungen und sich dann angekleidet wieder auf dem Bett ausgestreckt. Snodman hatte sein Reisemagazin inzwischen zum drittenmal durchgelesen. Gähnend blickte er auf die Uhr: fünf Uhr nachmittags.
Um Viertel vor sechs telefonierte er aufgeregt mit Polizeipräsident Moriarty. »Am besten kommen Sie sofort mit einem Mann vom Labor, Sir. Ich glaube, jemand wollte Capastrani vergiften!«
Kaum fünf Minuten später sprang die Tür zum Apartment auf. Snodman riß den Polizeirevolver aus dem Schulterhalfter und entspannte sich wieder, als er den Polizeipräsidenten und den Mann aus dem Labor erkannte. Überrascht starrten die beiden auf Snodmans Waffe, während Wilson, der uniformierte Polizist im Flur, die Tür hinter ihnen schloß.
»Schon gut«, sagte Polizeipräsident Moriarty. »Wir hätten anklopfen sollen.«

Snodman ließ den Revolver in die Jackentasche gleiten. »Schauen Sie sich das an«, sagte er und deutete auf das Tablett mit Capastranis Abendessen, das vom Zimmerservice heraufgebracht worden war. Dann wandte er sich an den Chemiker: »Ich glaube, auf dem Steak ist Arsen.«
»Ich bin froh, daß Sie mich persönlich verständigt haben«, sagte Polizeipräsident Moriarty. »Das war genau richtig.«
Snodman lächelte. »Ich wußte doch, daß Sie ein besonderes Interesse an dem Fall haben«, sagte er, »und daß Sie sicher gleich selbst kommen wollten.«
Der Polizeipräsident nickte ernst. »Deshalb habe ich mir ja ein Hotel ausgesucht, das nur zwei Häuserblocks vom Präsidium entfernt liegt.«
Zu dritt beugten sie sich über das Tablett. »Zu sehen ist nichts mehr«, bemerkte Snodman, »aber als das Steak heraufgebracht wurde, waren an der Unterseite Spuren eines weißen Pulvers zu sehen. Der größte Teil dürfte sich inzwischen im Saft aufgelöst haben.«
Der Polizeipräsident hob den Teller hoch und roch daran. »Was hat Ihren Verdacht erregt?« fragte er und stellte den Teller wieder hin.
Snodman zuckte die Achseln. »Eine Ahnung. Außerdem fand ich den Geruch des Steaks irgendwie seltsam.«
»Überprüfen Sie das«, befahl der Polizeipräsident dem Chemiker. Dann zog er Snodman zum Sofa, um unter vier Augen mit ihm zu sprechen.
»Weiß Capastrani Bescheid?« fragte Moriarty.
Snodman schüttelte den Kopf. »Er schläft immer noch. Ich wollte ihn zum Abendessen wecken.«
»Hmm«, sagte der Polizeipräsident. »Ich verstehe nicht, wie jemand Arsen in die Mahlzeit mischen konnte. Noch heute früh bin ich durch die Küche gegangen und habe alle Angestellten dort überprüft. Ausschließlich vertrauenswürdige, langjährige Mitarbeiter.«

»Vielleicht wurde jemand gekauft«, meinte Snodman. »Der Schnapper könnte sich das leisten.«
»Gutes Argument«, sagte der Polizeipräsident. »Ißt Capastrani jeden Abend Steak?«
»Eine Dauerbestellung beim Zimmerservice. Solche Angewohnheiten macht sich der Schnapper gern zunutze. Sie sagten ja selbst, er schaut sich vor jedem Job das künftige Opfer gründlich an.«
»Ich habe das nicht gesagt«, widersprach der Polizeipräsident. »Sondern er – in seinem Gedicht.«
In diesem Augenblick näherte sich der Laborfachmann, ein gelehrt aussehender junger Bursche. »Das Steak ist mit Arsen vergiftet«, sagte er. »Ich habe Salz, Pfeffer, Ketchup, Kaffee und sogar die Kaffeesahne überprüft. Bis auf das Steak ist alles in Ordnung.« Dann hielt er den beiden Männern einen Papierstreifen hin. »Dies klebte unter dem Teller, Sir.«
Snodman schaute zu, wie der Polizeipräsident danach griff und das Papier langsam entfaltete. Beide lasen:

Sicher hat mein kleiner Gag
Verhindert den unrechten Gesang.
Denn Arsen am richt'gen Tag
Schmerzt doch keinen – für sehr lang!

Der Polizeipräsident zerknüllte das Gedicht und steckte es in die Tasche. Dann wandte er sich an den Chemiker. »Sie können gehen«, sagte er. »Unten geben Sie bitte in der Küche Bescheid, ein neues Steak heraufzuschicken. Sie bleiben die ganze Zeit daneben stehen.«
»Wird gemacht«, sagte der andere und marschierte energisch aus dem Zimmer, um den Befehl auszuführen.
»Wir werden Capastrani nichts davon sagen«, wandte sich der Polizeipräsident an Snodman. »Er weiß ja nicht einmal, daß es der Schnapper auf ihn abgesehen hat. Ich sehe keinen Grund, unseren Kronzeugen unnötig aufzuregen.«

»Jawohl, Sir«, sagte Snodman.
Der Polizeipräsident reckte seine hagere Gestalt. »Sie waren hier schon den ganzen Tag eingesperrt«, sagte er zu Snodman. »Warum gehen Sie nicht mal Luft schnappen und etwas essen? Wir haben einen Beamten vor der Tür, und ich bleibe persönlich hier und passe auf, bis Sie zurück sind.«
»Vielen Dank, Sir«, sagte Snodman dankbar. »Um ehrlich zu sein, ich wollte eben selbst um eine kurze Ablösung bitten. Frische Luft und ein kleiner Tapetenwechsel tun dringend not.« Er ging zur Tür und blieb dort stehen. »Soll ich Ihnen etwas mitbringen, Sir?«
»Nein, vielen Dank.« Es kam Snodman beinahe so vor, als wolle der Polizeipräsident ihn loswerden. »Nehmen Sie sich ruhig eine Stunde frei, Snodman.«
»Vielen Dank, Sir.« Er trat in den Flur hinaus und schloß leise die Tür hinter sich.
Kaum war Snodman gegangen, da kam der Zimmerkellner mit Capastranis neuem Steak. Der Polizeipräsident ließ den Mann ein, untersuchte das Steak, überzeugte sich, daß der Polizist im Flur auf der Hut war, und ging dann ins Schlafzimmer, um Capastrani zu wecken.
Der gedrungene kleine Mann fuhr zusammen, als er den Polizeipräsidenten erblickte. Dann aber blinzelte er und erkannte den anderen. Wortlos blickte er auf die Uhr, richtete sich auf und verließ das Schlafzimmer, um sein Abendessen zu sich zu nehmen.
Mit einem selbstgefälligen Lächeln saß der Polizeipräsident auf dem Sofa und sah zu, wie Capastrani sich hinter dem Tablett niederließ. Anscheinend hatte der kleine Mann tief geschlafen und wußte nichts von dem Zwischenfall. Capastrani bestreute sein Steak großzügig mit Salz und Pfeffer und strich Butter auf ein Brötchen. Dann öffnete er den Verschluß der Ketchupflasche und stellte sie auf den Kopf. Wie es oft passierte, kam nichts heraus. Er schüttelte die Flasche einige

Male sanft, dann energischer. Er hatte sie gerade auf den Kopf gestellt und musterte sie verwirrt, als die Wucht der Explosion die gesamte Westwand des zweiten Stockwerks herausdrückte.

Als der dumpfe Knall das zwei Querstraßen entfernte Präsidium erreichte, lehnte sich Snodman in seinem winzigen Büro bequem zurück und lächelte. Er zog die echte Ketchupflasche aus dem Schulterhalfter und legte sie in die unterste Schreibtischschublade. Dann nahm er das Stück Papier zur Hand, auf dem er eben impulsiv ein kleines Gedicht verfaßt hatte. Er riß das Blatt in winzige Stücke und ließ sie in den Papierkorb fallen. Bei aller Klugheit konnte er eines nicht: Gedichte schreiben. Doch obwohl sie ziemlich schlecht waren, mochten ihm die kleinen Reime noch zu Lebzeiten zu einer gewissen Berühmtheit verhelfen.

Das Gruselhaus

ROBERT EDMOND ALTER

Das verlassene Yost-Haus wird seit beinahe zweihundert Jahren ängstlich gemieden. Wie ein Todesmahnmal aus dem Paläozoikum, geduldig auf den Jüngsten Tag wartend, steht es tief im dichten Wald unweit des Oneida-Sees.
In der Gegend gehen abergläubische Gerüchte um, es sei ein Gespensterhaus, doch moderner eingestellte Leute nennen es das »kranke Haus«. Wie auch immer, kaum jemand wagt sich in seine Nähe, Kinder haben Angst davor, und Hon Schuyler behauptete immer wieder, selbst Füchse und Kaninchen ließen sich dort nicht blicken.
1768 von Hans Yost erbaut, hielt es sich an die populäre Bauweise der Kolonialzeit – ein riesiges Giebeldach mit einem Obergeschoß und einem fensterlosen Dachboden, dazu der übliche georgianische Eingang mit ionisch wirkenden Säulen. Yost und seine Familie hatten sieben Jahre lang Freude an ihrem robust gebauten Heim; als dann der Revolutionskrieg begann, flohen sie nach Albany, um den Indianerüberfällen zu entgehen. Sie kehrten nie zurück.
Als zwei Jahre später Burgoynes rechter Flügel von Sillinger gegen das Mohawk-Tal geführt wurde, übernahm sein Quartiermeister das verlassene Haus als Lager. Und daraus erwuchs die Legende von Sillingers Gold.
Benedict Arnold überwältigte den britischen Kommandeur und seine Armee mit einem klassischen Manöver und jagte sie in die Flucht. Der Aufbruch ging in einer solch hysterischen Eile vor sich, daß der Quartiermeister und seine Leute

zurückgelassen wurden. In jener Nacht umringte eine Horde betrunkener Kontinentaler und ihre Seneca-Verbündeten das Yost-Haus und machten sich daran, die Handvoll Briten zu massakrieren.

Es war eine böse Sache. Die Briten waren unbewaffnet und versuchten, sich zu ergeben, die Wilden aber wollten Skalps erringen, und die Kontinentalen waren zu betrunken. Hört man die Geschichten alter Weiber aus jener Gegend, so mag man leicht glauben, daß in bestimmten Nächten, wenn der Wind stöhnend aus dem Nordwesten weht, noch immer das jämmerliche Geschrei von Sillingers Quartiermeister und seinen Männern zu hören ist, die im einsamen Wald um Gnade winseln.

Altweibergewäsch oder nicht – die Legende von Sillingers Gold hatte eine ziemlich konkrete Ausgangsbasis. Alle wußten, daß eine britische Armee in jener Zeit mit baren Pfund Sterling reiste, die dem Quartiermeister anvertraut waren. Offensichtlich kamen weder er noch einer seiner Männer mit dem Bargeld davon, und die Kontinentalen und die Indianer, die die Männer ermordeten und ihre Vorräte übernahmen, entdeckten keine Spur davon – was war also aus Sillingers Gold geworden?

»Es ist noch immer da«, sagten die alte Weiber und die Greise und die kleinen Kinder. »Noch immer draußen im Wald beim alten Yost-Haus, bewacht von den Geistern der ermordeten Männer Sillingers. Macht die Ohren auf! Hört ihr es? Hört ihr die Schreie im Wind?«

Als ich noch ein kleiner Junge war, da gab es Augenblicke bei Nacht, da ich hätte schwören können, das Geschrei zu hören. Und mit elf Jahren, da war ich bei einer Gelegenheit überzeugt, mehr als nur einen Gespensterschrei zu vernehmen. Ich war ganz sicher, den knirschenden Aufprall eines Tomahawks gehört zu haben. Das war an dem Tag, als ich das furchteinflößende alte Haus zum erstenmal betrat.

Mein bester Freund Joe Turpin, seine Schwester Susan und ich hatten in dem Bach am Yost-Wald geangelt; aber an jenem Tag biß nichts an, und wir wußten nicht recht, was wir mit uns anfangen sollten, bis Joe den törichten Vorschlag machte: »Schauen wir uns mal das alte Yost-Haus an.«
»Ich weiß nicht . . .«, sagte ich zweifelnd.
Susan preßte die Hand vor den Mund und starrte uns mit aufgerissenen Augen an. »Das trauen wir uns doch nicht!« sagte sie laut flüsternd.
Ich führte es auf ihre Gegenwart zurück, daß ich mich mitreißen ließ. Sie war zehn Jahre alt, hatte honiggelbes Haar und eine Stupsnase, und ich hielt sie für wunderschön. Da Joe in ihr eine Nervensäge sah, verriet ich ihm nichts von meinen Gefühlen. Ich wußte im Grunde gar nicht genau, was ich fühlte, war aber davon überzeugt, daß ich mich vor ihr beweisen mußte.
»Warum nicht?« fragte ich. »Die alten Gespenster sind mir egal.«
Wir zogen also los. Ich führte unsere Gruppe in den Wald, der zugewachsen war mit allerlei Gestrüpp und grotesken Eichen, und stellte mir dabei vor, daß so ähnlich der furchtlose Henry Stanley ausgesehen haben mußte, als er loszog, um in der Wildnis Afrikas Dr. Livingstone zu finden.
Plötzlich konnten wir durch das Gewirr der knorrigen alten Bäume den ersten Blick auf das kahle Haus werfen. Hohes Gras und auf unheimliche Weise verschlungenes Unkraut wuchsen auf dem vernachlässigten Hof, und urplötzlich wurde uns die morbide Absonderlichkeit der düsteren Vegetation und die gespenstische Atmosphäre des verfallenen Hauses bewußt, und wir erstarrten wie von einer Ohrfeige getroffen.
»Weshalb bleibst du stehen?« fragte mich Joe nervös.
»Und weshalb du?«
»Na, die alten Fenster sind alle mit Brettern zugenagelt. Wir kommen nicht hinein.«

Insgeheim war ich erleichtert, meinte aber trotzdem, ich müsse Susan einen weiteren Beweis für meinen Mut liefern. Ich sagte: »Also, der alte Keller da hinten steht offen. Kommt, wir schauen mal nach.«
Die Sturmtür über der Kellertreppe war längst eingefallen, und wir standen im unkrautüberwucherten Hof und starrten in den stummen, schwarzen Abgrund.
»Ich wette einen Fünfer, daß du dich nicht allein da runtertraust«, sagte Joe.
Ich hatte keinen Fünfer zum Gegenhalten und brauchte auch nicht so dringend Geld, doch Susan starrte mich noch immer mit staunenden Augen an und flüsterte: »Ooh, Phil, tu's nicht. Wage es ja nicht!« Ich mußte also.
»Die Wette gilt«, brummte ich und ging mit geballten Fäusten die moosbewachsenen Stufen hinab. Mein Herzschlag dröhnte mir in den Ohren.
So erreichte ich einen ausgedehnten, spinnwebenverhangenen Raum, der nur von kleinen, zerbrochenen Fenstern zur Decke hin erleuchtet wurde, angefüllt mit Massen von modrigen Truhen und aufgeplatzten Fässern, die von zwanzig Jahrzehnten Ablagerung und Verfall in monströse Gebilde verwandelt worden waren.
In der kühlen, stillen Luft lag ein unangenehmer, feuchter Geruch, und der harte Erdboden war von gespenstisch wirkenden Pilzkolonien überzogen. Hunderte dieser Gewächse waren verfault und strahlten ein leicht phosphoreszierendes Licht ab, ein Schimmern wie ein Hexenfeuer, während sich ringsum auf der dunklen, feuchten Erde die neblig weißen Muster des Schimmels ausbreiteten.
Ich hielt mich nur einen kurzen Augenblick dort unten auf, eben lange genug, um mich einmal angstvoll umzublicken. Dann hörte ich ein dumpfes *T-Tschok*!
Es war ein leiser, widerhallender Laut, der aus hohler Ferne zu tönen schien, aus der schrecklichen, feuchten Erde heraus.

Gleich darauf wiederholte es sich: *T-Tschok!* – und ich konnte an nichts anderes denken als an die Tomahawks, die vor langer Zeit Sillingers schreienden Männern die Schädel gespalten hatten.
Und schon war ich die längste Zeit dort unten gewesen – ich hastete die feuchte Treppe hinauf, stürzte in den strahlenden, frischen Tag hinaus, vorbei an meinen staunenden Freunden, und rannte, so schnell ich konnte, auf den Wald zu, dichtauf gefolgt von Joe und Susan, wobei Joe mir nachbrüllte und Susan leise, keuchende Schreie von sich gab, während ich mich mit einem lauten Brüllen verständlich machte.
»Ich hab' sie gehört! Ich hab' gehört, wie sie sich gegenseitig mit Tomahawks fertigmachten!«
Wir hörten erst auf zu laufen, als wir den Bach erreichten, wo wir uns am kieselharten Ufer niederwarfen und keuchend verweilten, bis wir wieder zu Atem kamen. Etwa in diesem Augenblick ertönte flußabwärts ein Schuß.
»Muß Hon Schuyler sein«, sagte Joe schweratmend.
Und damit hatte er recht. Wenige Minuten später trampelte er den Bach herauf, die Waffe über der Schulter, ein totes Kaninchen am Gürtel. Hon war damals etwa vierundzwanzig, ein muskulöser, wettergegerbter, energischer Bursche, der nicht sonderlich intelligent war und mit der Schule nicht viel im Sinn gehabt hatte. Im Wald jedoch war er ein Zauberer und hätte einen vorzüglichen indianischen Kundschafter abgegeben, wenn für einen solchen Anachronismus Bedarf bestanden hätte.
»Habt *ihr* da vorhin im Wald so'n Geschrei gemacht?« fragte er und grinste uns an. »Ihr habt mir damit das Kaninchen glatt vor die Flinte getrieben.«
»Phil hat im Yost-Haus die Gespenster gesehen, Hon!« sagte Susan.
»Ich hab' nichts von *sehen* gesagt«, widersprach ich. »Vielmehr war da etwas zu hören.«

Hon forderte uns auf zu warten und marschierte durch den Wald in Richtung Yost-Haus. Etwa zwanzig Minuten später war er zurück und berichtete, er hätte außer Ratten nichts gesehen oder gehört.
»Ihr Jungvolk solltet einen Bogen um die Ruine machen«, ermahnte er uns. »Die meisten Balken und Bohlen sind so morsch, daß sie jeden Moment einstürzen können. Dein Vater würde sich garantiert aufregen, Phil, wenn er wüßte, daß du dich hier herumtreibst.«
Und damit hatte er recht. Mein Vater war Sheriff im Ort und hatte oft genug den Abbruch des Yost-Hauses gefordert, damit sich nicht irgendein leichtsinniges Kind beim Spielen dort den Hals brach.
»Ich habe nicht die Absicht, ihm davon zu erzählen«, sagte ich, »wenn es sonst niemand tut.«
Hon grinste mich an. »Okay. Es soll zwischen uns vieren ein Geheimnis bleiben. Aber ab jetzt sucht ihr euch einen sichereren Spielplatz, klar?«
Joe und ich kehrten erst im Alter von fünfzehn Jahren zum Yost-Haus zurück. Auch bei dieser Gelegenheit hätten wir uns bestimmt nicht dort blicken lassen, wenn nicht Harold Edmonds gewesen wäre.
Er war ein frisch aus New York zugezogener Junge und hielt sich für etwas Besonderes. Joe und ich mochten ihn nicht sehr. Er ließ sich ständig darüber aus, wie toll doch die Stadt wäre, und schaffte es immer wieder, daß wir uns wie die Tölpel vom Lande vorkamen.
Und so sagten wir ihm eines Tages: »Schön und gut, aber ihr habt in der Stadt kein zweihundert Jahre altes Gespensterhaus.«
Das interessierte ihn. Er wollte alles darüber wissen, und wir erzählten ihm die Geschichte von dem Massaker und Sillingers verlorenem Gold. Harold lachte spöttisch und erwiderte, das sei doch ein Ammenmärchen, mit dem man kleine Kinder

erschrecke. Zu mir sagte er: »Du glaubst doch nicht wirklich, daß du einen Tomahawk gehört hast, oder? Ich meine, *wirklich*?«

»Also«, sagte ich abwehrend, »ich weiß nicht genau, was ich gehört habe. Jedenfalls war da etwas zu hören, und es kam irgendwie aus dem Keller. Wenn du so verdammt mutig bist, warum gehst du nicht runter und schaust selbst nach?«

»Klar doch. Mach' ich gern. Aber ihr müßt mir zeigen, wo das Haus ist – wenn ihr euch traut.«

Na, *die* Herausforderung konnten wir nicht unbeantwortet lassen und mußten wieder zum Haus hinaus. Wir führten ihn durch den Wald und über den unheimlich bewachsenen Hof und zur Treppe, die in die Dunkelheit des Kellers hinabführte, und sagten: »Da unten.«

Harold kickte einen Kieselstein die Stufen hinab und grinste. »Kommt ihr beiden mit, oder bleibt ihr oben und haltet Händchen?«

Ich schaute Joe nicht an, vermutete aber, daß ihm ähnlich zumute war wie mir. Ich wollte es auf keinen Fall dazu kommen lassen, daß der flotte Städter mich übertrumpfte. Wortlos zwängte ich mich an ihm vorbei und ging voraus.

Es war derselbe feuchte Keller mit den widerlichen Pilzkolonien am Boden; dennoch kam mir die desolate Atmosphäre irgendwie nicht so unheimlich vor wie bei meinem ersten Besuch. Zwischen elf und fünfzehn Jahren ändert sich doch die innere Einstellung zu einer Situation. Auch machte es einen Unterschied, diesmal von zwei Jungen begleitet zu sein. Joe zeigte botanisches Interesse an den Pilzen, die er »Leichengewächse« nannte. Harold machte sich selbständig und wanderte in die dunkleren Tiefen des Riesenkellers. Da ich die Sage von Sillingers Gold nicht gänzlich als Lüge abtat, watete ich durch die Überreste von Truhen und Fässern und Möbelstücken, deren Beine abgebrochen waren, und tastete vorsichtig zwischen schimmeligen alten Stoffetzen und ande-

ren klammen formlosen Gebilden herum, die vor langer Zeit von der Yost-Familie in den Keller ausgemustert worden waren.
Ich war eben zu einer alten, morschen Truhe vorgedrungen, an deren Seite einige Buchstaben eingraviert waren, und hatte mit der Handfläche schon den Staub so weit fortgewischt, daß ich *St. Leg*--- ausmachen konnte, als Harold einen Schrei ausstieß.
»He, Leute, kommt mal her! Hier hinter den Regalen gibt's einen Geheimgang!«
Joe und ich begaben uns ans Nordende des Kellers, wo Harold ein Streichholz entzündet hatte. Ein großer Schrank lehnte sich verzogen vor Altersschwäche an die Steinwand, und dahinter klaffte eine schmale, fünf Fuß hohe Öffnung. Die flackernde Flamme offenbarte Erdwände, abgesetzt mit dikken Eichenpfählen und Deckenbalken.
»Das muß der Fluchttunnel sein«, sagte Joe.
»Was ist denn das?« fragte Harold.
»Weißt du denn gar nichts? Vor vielen Jahren bauten sich die Leute so etwas unter ihre Häuser, zum Schutz vor Indianerangriffen. Wenn sie die Rothäute aus dem Haus nicht zurückschlagen konnten, benutzten sie den Fluchttunnel und kamen irgendwo hinter den Indianern im Wald heraus und bewahrten sich ihre Skalps.«
»Möchte wissen, wohin dieser Gang führt«, sagte Harold und linste in den dunklen, beängstigend eng wirkenden Tunnel. »Was meint ihr, gehn wir rein? Ich hab' jede Menge Streichhölzer.«
Joe und ich wußten nicht, wohin das gespenstische Loch in der Wand führte, und wollten es auch gar nicht erfahren. Der Legende zufolge hatten einige Männer des Quartiermeisters in der Nacht des Massakers durch den Tunnel fliehen wollen, die Kontinentalen aber, die das Haus umstellt hatten, stammten aus der Gegend und kannten sich mit solchen Tunneln aus

– einige warteten beim Ausgang im Wald. Sie hatten die Rotjacken mit den Bajonetten in den Gang zurückgetrieben, vor die Tomahawks der betrunken heulenden Indianer.
»Lieber nicht«, sagte ich. »Die meisten dieser alten Tunnel sind nicht mehr sicher genug. Das Holz ist morsch und bricht leicht ein.«
Daraufhin setzte Harold sein unverschämtes Grinsen auf. »Keinen Mumm, was? Ihr beide gäbt zwei flotte Mädchen ab.«
»Na, dann mach doch, du großer Held«, fauchte ich ihn an. »Zeig schon, daß du dich traust!«
»Meint ihr, ich tu' es nicht? Paßt nur auf!«
Wir schauten zu, wie er sich um den verkanteten alten Schrank herumschob, wie er sich bückte und den engen Tunnel betrat, wobei das Streichholz in seiner Hand die Erdwände mit zuckendem Licht überzog. Die Helligkeit entfernte sich, wurde kleiner, immer kleiner und war schließlich verschwunden.
Joe und ich trieben uns zwanzig Minuten lang im Keller herum und warteten darauf, daß er zurückkam; da er sich aber nicht blicken ließ, faßten wir den Entschluß zu verschwinden.
»Der Stadtscheißer glaubt wohl, er könnte uns reinlegen«, sagte Joe. »Wahrscheinlich versteckt er sich im Wald, um uns zu erschrecken. Komm, wir hauen ab.«
Ich war einverstanden. Der Staub und die dichten Spinnweben stimmten mich unbehaglich. Ich hatte das Gefühl, meine Kleidung durchzöge sich mit Feuchtigkeit, meine Haut würde kalt – ich fühlte mich durch und durch beschmutzt.
Wir gingen ins Freie und begannen, nach Harold zu suchen; drei Stunden lang trampelten wir durch das Unterholz und riefen seinen Namen. Als die Dämmerung hereinbrach, machten wir uns auf den Heimweg. Joe war nach wie vor der Ansicht, Harold habe uns einen Streich spielen wollen, er sei längst zu Hause und lache über uns in dem Bewußtsein, daß wir auf der Suche nach ihm durch den Wald rannten.

Ich war mir dessen nicht so sicher. Ich hatte das dumpfe Gefühl, daß etwas schiefgelaufen war, und wußte nicht recht, was ich dagegen unternehmen sollte. Kaum war ich zu Hause, rief ich bei Harolds Eltern an. Da sie sich bereits Sorgen zu machen begannen, mußte ich ihnen mitteilen, was geschehen war. Ich sagte nicht, daß wir Harold zuletzt im Yost-Haus gesehen hatten; ich deutete lediglich an, daß wir seine Spur im Wald verloren hatten.

Mein Vater organisierte noch am gleichen Abend einen Suchtrupp, und eine ganze Horde von Männern und älteren Jungen durchsuchte den Wald mit Laternen und Taschenlampen. Ich schloß mich der Aktion an. Hon Schuyler gehörte natürlich ebenfalls dazu, denn er kannte den Wald in- und auswendig. Gegen neun Uhr hatte ich Gelegenheit, allein mit ihm zu sprechen und erzählte ihm, daß Harold im Fluchttunnel verschwunden wäre.

Hon knurrte: »Hat man euch Kindern nicht immer wieder gesagt, ihr sollt um das alte Haus einen großen Bogen machen?«

»Ich weiß, Hon, aber er bestand darauf. Ob er wohl von einem Erdrutsch erwischt wurde?«

»Möglich, aber es wäre sinnlos, die anderen deswegen zu alarmieren, ehe wir uns überzeugt haben. Ich schau' mal nach.«

Der nächste Tag war ein Schultag, und die Männer schickten uns Jungen um Mitternacht nach Hause. Um die Zeit bekam ich auch Hon wieder zu Gesicht. Er führte mich auf die Seite und sagte, er wäre durch den Tunnel gekrochen und hätte Harold nicht gefunden.

»In den Wald hinaus ist er«, sagte Hon, »denn ich hab' seine Fußspuren am Austritt gefunden. Aber im Laub ging die Fährte dann verloren. An deiner und Joes Stelle würde ich nichts davon sagen, daß ihr im Yost-Haus wart. Dein alter Herr würde sich gehörig aufregen, wenn er davon wüßte.«

»Okay«, sagte ich. »Joe und ich halten den Mund.«

Man fand Harold Edmonds am nächsten Tag. Ich meine, seine Leiche wurde gefunden. Sie lag im Fluß. Der Junge war ertrunken. Oben auf Harolds Schädel wurde eine Wunde festgestellt, doch der Leichenbeschauer meinte, die gehe vermutlich auf einen Baumstumpf oder einen Felsbrocken im Wasser zurück.

Das Jahrzehnt, das Harold Edmonds' Tod folgte, verging für mich wie im Fluge. Mit achtzehn ging ich aufs College und versah später meinen Dienst in der Armee. Als ich schließlich nach Hause zurückkehrte, war ich eben einundzwanzig geworden. Mein Vater bedrängte mich, in das Büro des Bezirksstaatsanwalts einzutreten, um damit eine Art politischer Karriere zu beginnen. Obwohl ich an dem Job eigentlich kein Interesse hatte, wollte ich das Spiel eine Weile mitmachen, denn es eröffnete mir die Möglichkeit, gewisse Verbindungen aufzubauen und ein besseres Verständnis zu entwikkeln für die ziemlich vage formulierte rechtliche Basis jener Geschäfte, die ich eigentlich im Sinne hatte.

Ich stand beinahe schon ein Jahr im Dienste des Staatsanwalts, als sich eine zweite Tragödie in unserer Stadt ereignete. Mein Jugendfreund Joe Turpin wurde ermordet.

Kinder fanden die Leiche am Ufer des Bachs, der am Yost-Wald entlangführte. Niemand zweifelte daran, daß es sich um einen Mord handelte, denn jemand hatte ihm so heftig die Kehle durchgeschnitten, daß ihm beinahe der Kopf abgetrennt worden war.

»Das ist kein Messerschnitt«, stellte der Leichenbeschauer fest. »Die Wunde rührt von einem Instrument mit breiter Klinge her, das in einer geraden Bewegung geführt wurde. Eine Axt, vielleicht sogar eine Schaufel.«

Ich besuchte Joes Schwester Susan, die einen Mann aus dem Ort geheiratet hatte. Joe, der selbst unverheiratet gewesen war, hatte bei den beiden zur Untermiete gewohnt.

»Ist dir bekannt, ob Joe Feinde hatte, Susan?«
»Bestimmt nicht. Joe war hier immer sehr beliebt. Das weißt du selbst, Phil.«
»Na, hast du eine Ahnung, warum er gestern in den Wald gegangen ist? Wollte er jagen oder fischen oder was?«
Susan betrachtete ihre Hände, die sie im Schoß verkrampft hatte, und erschauderte.
»Hört sich schrecklich an, wenn man es jetzt erzählt; Joe sagte, er wollte sich mal im Yost-Wald umsehen, und im Scherz mahnte ich: ›Halt dich lieber vom Yost-Haus fern, sonst holen dich die Tomahawks.‹ Er lachte nur und sagte, vielleicht würde er mal reingehen und schauen, ob er Sillingers Gold finden könnte.«
Sie hob eine Faust an den Mund und preßte sie gegen die Lippen, dann begann sie leise zu weinen, und ich nahm sie tröstend in die Arme.
»Und dann . . .«, schluchzte sie. »Dann geschah das Schreckliche . . . als gäbe es dort wirklich . . .«
»Beruhige dich, Susan«, sagte ich sanft. »Du darfst nicht andauernd daran denken. Überlaß das alles uns. Wir gehen der Sache auf den Grund.«
Ich hatte so eine Ahnung, daß ich der Lösung bereits ziemlich nahe war. Ich ging ins Büro, bewaffnete mich mit einem 38er-Revolver, steckte mir eine Taschenlampe ein und machte mich auf den Weg zum Yost-Haus.
Das alte Gebäude schien unverändert zu sein. Die verwitterte Eingangstür mit der zerbrochenen Sichtscheibe und der morschen Schwelle stand noch immer am alten Ort und hütete ihre schlimmen Geheimnisse. Ich kämpfte mich durch das Unkraut zur Kellertreppe vor und stieg hinab.
Ich ließ den Strahl der Taschenlampe über den schimmeligen Boden wandern, suchte mir meinen Weg zwischen den fauligen Überresten von Fässern, Truhen und anderen unbrauchbaren Möbeln und folgte den Steinen der Nordmauer, von

denen die Feuchtigkeit tropfte, zu dem windschiefen Schrank, der den Tunnel bewachte. Vor dem fuchsbauähnlichen Eingang des Fluchttunnels verharrte ich lauschend.
T-Tschok . . . T-Tschok . . .
Er war dort drinnen und grub, so wie er es seit Jahren tat. Ich mußte traurig lächeln beim Gedanken an die endlosen Stunden, die er damit verbracht hatte, nach etwas zu suchen, das nicht vorhanden war. Ich schob mich hinter das Regal, duckte mich und betrat den Tunnel. Vorsichtig tastete ich mich durch die Dunkelheit und knipste nur selten die Lampe an, aus Sorge, er könnte sie sehen.
Es war ein schrecklicher Gang. Ich kam mir vor wie ein Maulwurf, der sich durch eine beklemmende Unterwelt grub. Das Licht, das ich immer nur kurz aufblitzen ließ, schimmerte unheimlich durch den Lehmkorridor, der sich vor mir krümmte, und zeigte überall flache Löcher, die von seiner Graberei zeugten.
Hinter einer Biegung tauchte plötzlich ein heller Schein auf. Ich steckte meine Taschenlampe fort und zog den 38er, dann trat ich einige Schritte vor und schaute um die Tunnelbiegung. Auf dem Boden stand eine hell leuchtende Laterne. Hon Schuyler stand darübergebeugt und grub mit einer kurzstieligen Schaufel im Erdreich herum. Ich trat ins Licht.
»Ich hatte so eine Ahnung, daß Sie es sind, Hon«, sagte ich.
Sein Kopf ruckte hoch, und beinahe schlug er sich an einer der niedrigen Deckenstreben bewußtlos. Das von unten heraufstrahlende Laternenlicht verlieh seinem angespannten, wild blickenden Gesicht einen dämonischen Ausdruck. Er hockte da vor mir, die Schaufel wie ein Gewehr quer haltend. Er fuhr sich mit der Zunge über die Lippen und sagte: »Wirklich schade für dich, daß du dich da einmischst, Phil.«
»Weil Sie mich jetzt umbringen müssen, wie Sie's mit Harold Edmonds und Joe getan haben? Wieso haben Sie nicht versucht, Joes Tod auch wie einen Unfall aussehen zu lassen?«

Hon grinste. »Weil's mit Joe nicht so einfach war wie mit dem kleinen Edmonds.« Vielsagend hob und senkte er die Schaufel. »Bei Joe mußte ich das Ding hier nehmen. Ich wollte es nicht, aber was sollte ich tun? Er hörte mich graben und überraschte mich. Ich habe schon zu viele Jahre nach Sillingers Gold gesucht, um es jetzt noch mit einem anderen zu teilen, Phil. Und ich bin ihm ganz nahe, hörst du! Ich weiß, ich bin bald am Ziel.«

»Nein«, erwiderte ich, »das stimmt nicht.«

»Was soll das heißen? Es *muß* hier im Tunnel sein. Den Rest des Hauses habe ich Dutzende von Malen durchsucht – dort ist es garantiert nicht. In der Nacht des Massakers sind die Männer des Quartiermeisters hier durchgekommen, oder nicht? Als sie dann sahen, daß es kein Entkommen gab, müssen sie das Gold hier irgendwo vergraben haben.«

»Nein, Hon. Das Gold ist fort. Seit Jahren schon.«

In seine Augen trat ein irres Funkeln. »Du lügst! Du versuchst mich reinzulegen! Du willst alles für dich!«

Ich öffnete den Mund, um es ihm zu erzählen – doch er ließ mir keine Chance. Abrupt führte er einen kräftigen, seitlichen Streich gegen die Waffe in meiner Hand. Ich sprang zurück und prellte mir dabei schmerzhaft Rücken und Kopf an einem Stützpfeiler. So kam ich gar nicht mehr dazu, den Revolver zu heben, als er nun auf mich zustürmte, die verdammte dreckige Schaufel erhoben, um damit einen schneidenden Hieb gegen meine Kehle zu führen. Ich schoß aus der Hüfte, als er dicht vor mir war.

Die Detonation des 38er schien durch das gesamte Erdinnere zu hallen, und ich duckte mich aus Furcht, der Tunnel könnte einstürzen. Dreckbrocken regneten auf meinen gekrümmten Rücken, aber die alten Holzstützen hielten stand, und als die Staubwolke sich verzogen hatte, sah ich Hon auf dem Boden liegen, den Kopf dicht neben der Laterne. Er schien nicht zu merken, daß er eine Kugel im Leib hatte.

»Es . . . es ist hier, das weiß ich genau«, sagte er keuchend. »Einmal fand ich . . . ich sogar einige alte Gold-Sovereigns hier im Gang.«
Ich hockte mich neben ihm nieder. Seine Augen wirkten seltsam glasig.
»Wahrscheinlich sind sie aus Sillingers Truhe gefallen, als ich sie vor zehn Jahren hier durchzerren wollte, Hon. Das Ding war angefault und hielt kaum noch zusammen. Ich hatte Angst, Sie könnten sich draußen herumtreiben, deshalb wollte ich damit ursprünglich durch den Tunnel; aber dann hatte ich doch nicht die Nerven, den ganzen Weg zu machen. Ich ging das Risiko ein und brachte meinen Fund über die Kellertreppe hinaus.«
Hon versuchte mich anzuschauen, doch seine Augen gaben ihm kein klares Bild mehr.
»Du . . . du . . .«
»Ja. Ich habe das Gold mit fünfzehn im Wald versteckt. Ich wußte damals nicht, was ich damit anfangen sollte, denn die Gesetze über Schatzfunde sind dermaßen unbestimmt, daß ich Sorge hatte, ich müßte dem Staat die Hälfte abgeben. Doch vor einigen Monaten habe ich einen Mann gefunden, der mir die Sachen zu einem fairen Preis abnimmt und keine Fragen stellt.«
»Du lügst – du lügst!«
»Es ist wahr, Hon. Ich hab' den Schatz an dem Tag im Keller gefunden, an dem Sie den jungen Edmonds töteten. Joe merkte nichts, deshalb hielt ich den Mund und holte mir den Schatz am nächsten Tag, während die ganze Stadt nach dem Jungen suchte. Seit 1777 war das Gold hier gewesen, mitten in einem Haufen Unrat. Stand sogar sein Name darauf.«
»Nein!« krächzte Hon. »Schon vor . . . Jahren hab' ich das Zeug durchgesehen. Da war keine Truhe mit Sillingers Namen. Nur alte Kleidung, und . . .«
»Sie hätten länger zur Schule gehen sollen, Hon. Wir haben in

der achten Klasse gelernt, daß ›Sillinger‹ lediglich die hier gebräuchliche Zusammenziehung seines richtigen Namens war: Barry St. Leger.«

Diese Information kam jedoch für Hon zu spät. Er hatte keine Sorgen mehr.

Tu dein Bestes

HENRY SLESAR

Es gab einen spürbaren Unterschied zwischen der Intensität seines Lächelns und dem Schwung seiner Schritte, als Harrison Fell aus dem Fahrstuhl schlenderte und den Empfangsraum der Werbeagentur Bliss & Bakerfield Inc. betrat. Der Empfangsdame schmetterte er ein lautes ›Guten Morgen‹ entgegen, der Botenjunge wurde mit einem unüblichen ›Hallo‹ begrüßt, während seine Sekretärin Hilda die Nelke überreicht bekam, die er am Aufschlag seiner Jacke trug. Für einen Mann, der bereits mit negativem Ergebnis durch die Gerüchtemühle der Agentur gedreht worden war, gab sich Harrison Fell erstaunlich sorglos.
»Holen Sie mir den großen Boß in die Leitung«, sagte er grinsend zu Hilda. »Sagen Sie ihm, er soll sich anschnallen. Sagen Sie ihm, ich werde ihm eine H-Bombe auf den Tisch knallen. Na, los, los, machen Sie schon. Sagen Sie Bliss, daß ich ihn sprechen möchte.«
Hilda schluckte trocken und griff nach dem Telefon. Sie sprach kurz mit Bliss' Sekretärin und arrangierte den Bombenangriff. Als sie ihren Chef informierte, daß Bliss angeschnallt warte, schnellte Fell wie von einem Katapult abgeschossen aus seinem Drehstuhl.
Auf der Treppe zwischen den beiden Stockwerken verlor der Klientenbetreuer ein wenig von seinem Schwung. Er war ein großer, breit gebauter Mann, der einem Herrenjournal entstiegen zu sein schien: Schultern aus dem Brooks-Brothers-Programm, Haar von Brylcreem, Haut von Bräune-für-den-

Mann und eine von Cadillac geprägte Seele. Noch vor einem Monat war er ein strahlender Stern am funkelnden Firmament der Agentur gewesen. Dann hatte Winford Stark angerufen, seines Zeichens Werbedirektor der Holdwell-Safe-Gesellschaft, und hatte seine Absetzung von der Beratung gefordert. Die Schuld am Fehlschlag der Holdwell-Werbung sah Fell allerdings nicht bei sich selbst, sondern ausschließlich bei anderen: der Texter war Alkoholiker, der Art Director Kommunist, der Fernsehproduzent rauschgiftsüchtig. Bliss, der sich in der Werbung kein X für ein U vormachen ließ, sah die Schuldfrage trotzdem richtig.

Als Fell das Direktionsbüro betrat, strahlte er Zuversicht aus. Doch Bliss' kühler Gesichtsausdruck veränderte sich nicht. Der forsche kleine Mann fuhr sich gegen den Strich durch den borstigen Schnurrbart und knurrte. »Fünf Minuten«, sagte er. »Mehr kann ich Ihnen nicht geben, Harrison.«

»Mehr brauche ich auch nicht, Boß. Ich habe jetzt das richtige Rezept für unsere Probleme mit Holdwell.«

»Das haben wir doch alles schon durchgekaut, Harrison.«

»Durch diesen Heuhaufen sind wir aber noch nicht. Ich hab' die Nadel darin gefunden – und werd' sie dem Brausekopf Stark in den Schädel rammen. Die tollste Idee für eine Safe-Werbung, von der Sie je gehört haben. Lassen Sie mich damit nur an den Start gehen!«

Bliss seufzte. »Müssen Sie dauernd so reden, Harrison? Meistens begreife ich gar nicht, was Sie meinen.«

»Das hier werden Sie begreifen, Boß. Sie wissen von dem neuen Safe, den die Leute von Holdwell in die Umlaufbahn schießen wollen?«

»Das 801-Modell?«

»Genau. Schon möglich, daß die Leute unsere Einfälle bisher für etwas dünn gehalten haben – die neue Idee aber ist ein echter Herkules. Mit Muskeln, Boß. Warten Sie nur, bis Sie's hören . . .«

»Ich warte ja schon.«
Fell hielt inne, dann zog er mit melodramatischer Geste einen Zeitungsausschnitt aus der Tasche. Er knallte Bliss den Fetzen auf den Tisch und trat mit verschränkten Armen einen Schritt zurück.
Bliss betrachtete das zwei Spalten breite Photo eines kahl werdenden Mannes mit großen, unschuldigen Augen.
»Was soll das?« fragte er.
»Das ist mein Kandidat für eine Aussage über den 801-Safe. 801 – der erste *wahrhaft* einbruchsichere Tresor!« sagte Fell.
»Sammy Morrissey, auch ›Die Sanfte Hand‹ genannt«, las Bliss vor. »Soll das heißen, Sie wollen *den* in einer Anzeige der Holdwell-Gesellschaft auftreten lassen?«
Fell lachte. »Können Sie sich einen besseren Fachmann vorstellen? Das ist doch das Problem mit der Werbekampagne, wie wir sie im Moment laufen haben, Boß. Was nützen schon die Sprüche von zufriedenen Kunden? Hier hätten wir einen Mann, der *wirklich* weiß, ob ein Tresor einbruchsicher ist. Der heißeste Safeknacker, den es in der Unterwelt gibt!«
»Sprechen Sie im Ernst, Harrison?«
»Natürlich! Verstehen Sie das nicht? Wir heuern Sammy persönlich an. Er soll versuchen, den 801er zu knacken. In aller Öffentlichkeit, im Beisein von Reportern und so. Große Schau! Das bringt uns tolle Publicity und eine erstklassige Anzeigenkampagne!«
»Aber wenn er noch hinter Gittern sitzt . . .«
»Er wurde vor einem Jahr auf Bewährung entlassen. Seither ist er nicht rückfällig geworden. Zwangsweise Pensionierung, könnte man sagen. Aber das Know-how hat er nach wie vor, Boß, und wenn *der* den 801 nicht schafft, wer dann?«
Bliss betrachtete nachdenklich die Aufnahme und betastete dabei seinen Schnurrbart. Als er den Kopf hob, offenbarte sein Blick widerwillige Anerkennung.
»Also, eine absolut *schlechte* Idee ist das wirklich nicht . . .«

»Seien Sie ehrlich, Boß! Es ist *der* Knüller!«
Bliss griff nach dem Telefon.
»Nun wollen wir nicht gleich aus dem Häuschen geraten. Mal hören, was Stark dazu sagt.«
Fell öffnete den Zigarrenkasten auf Bliss' Schreibtisch und verhalf sich zu einer Panatela. Der Boß erhob keine Einwände.

Fells Anzug mit Nelke, sein schmalkrempiger Hut sowie seine Persönlichkeit paßten absolut nicht zu der Pension, in der Sammy Morrissey hauste. Er parkte seinen Jaguar zwischen einem Kühl-Lkw und einem uralten Chevrolet, knurrte die strubbeligen Kinder an, die seine Radkappen beäugten, und erstieg die ausgetretene Treppe so nonchalant, als handele es sich um den Eingang zum Universitätsklub. Die Hausbesitzerin, deren Atem nach Gin roch, begrüßte ihn und führte ihn ins oberste Stockwerk, wo Sammy Morrissey in ehrlicher Armut residierte.
Sammy war irgendwie enttäuschend. Er war klein und hager und ohne jeden Hauch von Gefährlichkeit, Schläue oder gar Charakter. Sein Blick war nicht unstet, sondern eher starr. Die Augen waren rund und blaßblau, wie ausgewaschene Bluejeans. Er wirkte eher wie ein alt gewordener Oberpfadfinder als wie ein genialer Verbrecher. Fell seufzte innerlich und versuchte, sich vorzustellen, mit welchen Beleuchtungstricks ein Photograph ›Die Sanfte Hand‹ gefährlicher aussehen lassen konnte, als er auf den ersten Blick wirkte.
»Setzen Sie sich«, sagte Sammy höflich. »Ich habe Ihren Brief erhalten, Mr. Fell, verstehe aber nicht recht . . .«
»Die Sache ist wirklich nicht kompliziert«, sagte Fell verbindlich und suchte sich den Stuhl mit der dünnsten Polsterung aus. »Mein Klient, die Holdwell-Gesellschaft, bringt ein neues Produkt heraus, das sie für absolut einbruchsicher hält. Wir erbitten lediglich Ihre Hilfe, um das zu beweisen.«

»Ja, soviel begreife ich schon«, erwiderte Sammy. »Aber genau das meine ich, Mr. Fell, Sie sollten mich nicht auf einen Safejob anhauen. Aus dieser Branche bin ich total raus.«
»Oh, die Sache ist absolut nicht illegal«, sagte Fell lächelnd. »Aus der Sicht der Polizei ist alles völlig in Ordnung. Wissen Sie, wir finden, daß ein Mann Ihres vorzüglichen Rufes . . .«
»Ich versuche, davon loszukommen, Mr. Fell.«
Fell runzelte die Stirn. Es würde nicht einfach werden.
»Sammy – ich darf Sie doch Sammy nennen, ja? – Sammy, Sie wissen, was eine Anzeige ist?«
»Klar doch – ich seh' sie doch überall.«
»Nun, Sammy, genau darüber reden wir, über nichts anderes. Wir möchten, daß Sie in unserer Werbung erscheinen und Ihre Aussage machen über . . .«
»Aussage?« fragte Sammy nervös.
»Nicht wie vor Gericht«, erklärte Fell. »Sie tun nichts anderes, als sich für unser Produkt auszusprechen. Sie schildern den Leuten, wie Sie versucht hätten, den 801-Tresor zu knakken, dabei aber feststellen mußten, daß er absolut einbruchsicher ist.«
»Ach, Mr. Fell, kein Safe ist wirklich einbruchsicher.«
»Wie das?«
»Ich meine, so was gibt's nicht. 'tschuldigen Sie, daß ich das sage. Hat man genug Zeit und Werkzeug, wird man mit jedem fertig. Ich bin sowieso nicht interessiert, Mr. Fell, ich arbeite jetzt auf anderem Gebiet . . .«
Fell knirschte mit den Zähnen.
»Sammy, versuchen Sie zu verstehen, was ich von Ihnen will. Wir bieten Ihnen tausend Dollar. Dafür sollen Sie *versuchen*, diesen Safe zu öffnen, mit jedem Trick, den Sie kennen. Wir geben Ihnen drei Stunden Zeit, und es wird jede Menge Zeugen geben, Reporter, Polizisten . . .«
»Bullen?« Sammy erbleichte.
»Nur als Zeugen, nur um zu gewährleisten, daß Ihr Versuch

legitim ist. Der 801er ist kein besonders großer Tresor, nur etwa einszwanzig mal einszwanzig, besitzt aber ein neuartiges Zeitschloß, das die Leute von Holdwell für absolut sicher halten. Sie sind von ihrem Produkt sogar dermaßen überzeugt, daß sie Ihnen eine echte Herausforderung bieten. Sie werden einen Umschlag mit fünfzig Tausenddollarscheinen in den Tresor legen. Wenn Sie den Safe in weniger als drei Stunden aufbekommen, gehört das Geld Ihnen.«

Sammy blinzelte mit seinen unschuldigen Augen.

»Sie machen Witze, Mr. Fell! Fünfzig Riesen?«

»Fünfzigtausend, Sammy, und die gehören Ihnen, wenn Sie es schaffen. Das wird der größte Beutezug Ihres Lebens, und Sie brauchen hinterher vor der Polizei keine Angst zu haben. Na, klingt das nicht verlockend?«

»Kann man wohl sagen«, meinte Sammy. »Nur . . .«

»Ich weiß«, sagte Fell mürrisch, »Sie haben die Branche gewechselt. Aber lohnt sich das so sehr, Sammy? Bringt das so viel?«

»Nein«, räumte Sammy ein. »Nicht soviel.«

»Geldmäßig kommen Sie prima dabei raus. Und wir verkaufsmäßig. Was sagen Sie dazu?«

Sammy rieb sich die hohe Stirn. Dann nickte er. »Okay, Mr. Fell. Ich tu's.«

»Großartig! Es ist mir ein Vergnügen, mit Ihnen ins Geschäft zu kommen.«

»Mir ebenso«, sagte Sammy bescheiden.

Harrison Fells Promotion für den 801-Tresor brachte mehr Leute auf die Beine, als er seinem Kunden prophezeit hatte. Reporter von fünf regionalen Tageszeitungen und von neun Blättern aus anderen Städten sowie zwei nationalen Pressediensten eilten in die Holdwell-Fabrik in Long Island City, um das Unternehmen ›Safeknacker‹ zu verfolgen. Der *New Yorker* schickte den zuständigen Redakteur, vier Detektiv-Magazine waren vertreten, ebenso sechs andere Periodika, die sich mit unterschiedlichen Themen befaßten. Was die amtliche Beteiligung anging, so hatte Fell nicht mehr als den stellvertretenden Polizeipräsidenten mobilmachen können, der aber brachte eine Leibwache von drei stämmigen Uniformierten mit. Der Anblick veranlaßte ›Die Sanfte Hand‹, nervös herunterzuschlucken und etwas von Aussteigen zu murmeln. Je mehr sich die Uhr dem angesetzten Beginn von einundzwanzig Uhr näherte, desto größer wurde die Menge. Etwa dreißig leitende Angestellte der Holdwell-Gesellschaft und ungefähr fünfzehn Abgesandte der neidischen Konkurrenz betraten das leere Lagerhaus, in dem das Ereignis stattfinden sollte. Bliss, der Präsident der Agentur, war zur Stelle, ebenso Wilton Stark, Werbemanager von Holdwell, der strahlend links und rechts Hände schüttelte und so tat, als wäre die ganze Promotion allein sein Einfall. Drinks wurden großzügig serviert, und es breitete sich eine festliche Atmosphäre aus, verqualmt, laut, an eine Silvesterfeier erinnernd. Während die aufgekratzte Menge sich herumdrängte, Getränke verschüttete, Witze erzählte und viel Spaß hatte, warteten Sammy und der 801-Safe gelassen auf ihren Kampf.

Schließlich stellte sich Harrison Fell als selbsternannter Zeremonienmeister auf einen Stuhl und versuchte, die Aufmerksamkeit auf sich zu lenken.

»Meine Herren! Meine Herren, bitte! Könnten wir mal etwas Ruhe haben?«

Es dauerte eine Weile, aber schließlich bekam er, was er sich wünschte.

»Meine Herren, ich möchte Ihnen allen für Ihren zahlreichen Besuch danken. Sie werden es bestimmt nicht bereuen, heute abend dabei zu sein. Ohne weitere Umstände möchte ich Sie nun mit den Ehrengästen dieses Ereignisses bekannt machen. In dieser Ecke, meine Herren –«, er gestikulierte wie ein Ringsprecher, der einen Boxkampf ankündigt, was ihm einige

hübsche Lacher einbrachte –, »wartet mit einem Gewicht von zweitausenddreihundertundsiebzig Pfund der Holdwell 801, der weltmeisterlich einbruchsichere Safe. Und in *dieser* Ecke sehen Sie, hundertundzwölf Pfund schwer, ›Die Sanfte Hand‹: Sammy Morrissey!«
Für den kleinen Sammy gab es noch mehr Beifall, in den sogar der stellvertretende Polizeichef einfiel.
»Wie Sie alle wissen«, fuhr Fell fort, der gern im Rampenlicht stand, »hält Sammy Morrissey den Weltrekord im Safeknakken aller Klassen. Meistens Schwergewicht.« Er wartete das Lachen ab. »Die Holdwell-Gesellschaft ist jedoch überzeugt, daß der 801 Sammys Anstrengungen widerstehen wird. Die Firma glaubt so fest daran, daß sie eine unglaubliche Herausforderung ausspricht.« Er zog einen weißen Geschäftsbriefumschlag aus der Tasche. »Meine Herren, in diesem Umschlag befinden sich fünfzig Tausenddollarnoten. Fünfzigtausend Dollar! Mr. Grady, würden Sie jetzt bitte die Tresortür öffnen?«
Grady, ein Wächter der Holdwell-Gesellschaft, kam der Aufforderung nach.
»Mr. Grady, würden Sie den Umschlag jetzt bitte in den 801 legen?«
Grady nahm ihm den dicken Umschlag ab und legte ihn in den Safe.
»Und jetzt, Mr. Grady, schließen Sie doch bitte die Tresortür und stellen das Zeitschloß auf neun Uhr morgen früh ein.«
Mit energischer, zielstrebiger Bewegung knallte Grady die dicke Stahltür zu und verdrehte die Knöpfe.
»Eingestellt, Sir«, sagte er und salutierte forsch.
»Meine Herren«, wandte sich Harrison Fell an die stumm wartende Menge. »Der Fehdehandschuh ist geworfen. Die Holdwell-Gesellschaft fordert hiermit Amerikas besten Safeknacker im Ruhestand, den ehrenwerten Sammy Morrissey, auch ›Die Sanfte Hand‹ genannt, auf, den 801-Tresor bis Mit-

ternacht zu öffnen. Und sollte Mr. Morrissey das schaffen, darf er den Inhalt dieses Tresors als sein ausschließliches Eigentum betrachten. Sind Sie bereit, Sammy?«

Sammys Adamsapfel machte einen Sprung.

»Bereit«, flüsterte er.

»Mr. Grady, würden Sie bitte das Werkzeug holen, das Mr. Morrissey angefordert hat?«

Grady schob eine lange Metallbank herbei, auf deren Oberfläche sich alle möglichen Gegenstände stapelten.

»Würde Mr. Morrissey sich bitte die Gerätschaften anschauen und bestätigen, daß alles in Ordnung ist?«

»Alles längst überprüft«, sagte Sammy.

»Ist alles da? Bohrspitzen, Bohrmaschinen, Brecheisen, Meißel, Schlauch, Azetylengasflaschen, Schweißgerät, Sprengstoff?«

»Alles da, Mr. Fell.«

»Dann beginnen wir jetzt, meine Herren. Wer es zu ermüdend findet, Mr. Morrisseys Bemühungen ohne Unterbrechung zu verfolgen, ist herzlich eingeladen, sich ins Direktionskasino im Hauptgebäude der Holdwell-Gesellschaft zu begeben, wo eine Erfrischung für Sie bereitsteht. Und jetzt los, Sammy – möge der Beste gewinnen!«

Es gab lebhaften Applaus, als er den Stuhl verließ. Sammy wartete, bis es in der Menge wieder still geworden war, dann näherte er sich bedächtig dem Tresor.

Ein seltsames und beinahe unheimliches Schweigen breitete sich in dem großen Raum aus, während Sammy um den 801 herumging. Er bewegte sich lautlos in Turnschuhen, wie eine Katze, die eine seltsam gleichgültige Maus taxiert. Der stahlgraue Kasten, der da auf seinen vier elefantendicken Beinen ruhte, hatte etwas Trotziges: Der Safe wirkte massig, irgendwie kriegerisch-herausfordernd. Sammy bewegte sich langsam, ohne das Gebilde zu berühren, das kleine Schottengesicht konzentriert verkniffen.

Endlich legte er einen Finger auf die Metallfläche und kratzte leicht daran. Im Hintergrund begann ein Reporter zu kichern. Sammy ließ sich nicht aus der Ruhe bringen. Er schien sein Publikum gar nicht mehr wahrzunehmen. Er kratzte, tätschelte, streichelte an dem Safe herum. Liebevoll berührte er die komplizierten Drehknöpfe. Er beugte sich vor und untersuchte die Türen, die unsichtbaren Scharniere, die Schiebebolzen, die Speicherung winziger Zahlen. Auf allen vier Seiten waren Lampen aufgestellt worden; er verschob einen Leuchtkörper ein wenig. Und wieder betrachtete er reglos die Tresortür, dahockend wie ein nachdenklicher Buddha.
Die Zuschauer traten unruhig von einem Fuß auf den anderen. Sie hatten mehr Abwechslung erwartet.
Langsam begab sich Sammy zum Werkzeugtisch und erwählte einen elektrischen Bohrer und ein abgestuftes Brecheisen.
Als er den Stecker in die Steckdose versenkte, grinste der stellvertretende Polizeipräsident und flüsterte einem seiner Beamten etwas zu. Der Safeknacker ließ sich nicht beirren. Er setzte die Bohrspitze in der oberen linken Ecke der Tresortür an und zog den Hebel durch. Das Quietschen von Metall auf Metall fuhr allen Anwesenden in die Knochen. Im nächsten Moment brach der Bohrer ab, und Sammy bedachte das gute Stück mit einem traurigen Blick. Hier und dort wurde gelacht.
Als nächstes nahm Sammy etwas Einfaches vom Tisch: einen metallenen Spitzmeißel und einen Vorschlaghammer. Beides trug er zum Tresor, schaute sich die flachen Drehscheiben gründlich an und zuckte die schmalen Achseln. Was immer er vorgehabt hatte, würde nicht klappen; mit professioneller Gelassenheit legte er die Werkzeuge zur Seite.
In der Nähe versetzte Harrison Fell Wilton Stark einen Rippenstoß. Noch vor einem Monat wäre Stark nach einer solchen Geste rot angelaufen; jetzt aber erwiderte er das Grinsen und zog ein vergnügtes Gesicht. Aus der Menge schoß ein Journalist ein Photo von Sammy bei der Arbeit.

In dieser Phase versprach das keine besonders aufregende Aufnahme zu werden. Sammy studierte den 801 und wirkte dabei leicht bedrängt. Offensichtlich hatte er es hier mit etwas Neuem, Verwirrendem zu tun. Er legte die Hände an die Seiten des Safes und begann zu schieben, doch seine winzigen Muskeln vermochten nichts auszurichten. Mit einem beinahe flehenden Ausdruck zog er Fells Blick auf sich. Dann flüsterte er seine Bitte, und Fell ging sofort darauf ein. Er bedeutete den drei Polizisten, der ›Sanften Hand‹ dabei zu helfen, den 801 auf die Seite zu legen. Der Anblick der Gesetzeshüter, die einem Safeknacker zur Hand gingen, minderte die inzwischen eingetretene Spannung etwas. Ein leises Lachen ging durch die Reihen.
Dann hockte sich Sammy hin und begann, die Unterseite des Tresors zu untersuchen; Fell wußte gleich, daß ihn das nicht weiterbringen würde. Es gab Safes mit schwacher Unterseite, der 801 gehörte jedoch nicht dazu. Sammy spannte einen neuen Metallbohrer in die Maschine und machte sich an die Arbeit. Wieder brach die Spitze ab, und er betrachtete einigermaßen hilflos das abgebrochene Ende. Mit müder Bewegung wies er die Polizisten an, den 801 wieder aufzurichten.
Um Viertel vor zehn war der Tresor noch völlig intakt, und Sammy griff nach dem Schweißgerät. Eine halbe Stunde lang beleckte die heiße, weiße Flamme die beschichtete Stahltür des Tresors.
Als Sammy den Versuch aufgab, war eine etwa tellergroße Verfärbung zu sehen, aber der Safe selbst zeigte sich unangetastet.
Sammys Hemd war schweißfeucht, und seine Augen wirkten heller und hilfloser als je zuvor.
»Er schafft es nicht«, flüsterte Wilton Stark neben Fell. »*Dieses* Baby knackt er nicht!«
Harrison Fell lächelte selbstbewußt, ließ sich jedoch keine Bewegung entgehen, als Sammy jetzt nach dem Gläschen mit

Nitroglyzerin griff. Der wahre Test für den 801 stand noch bevor, und dazu mußte der große Raum bis zu den Türen geräumt werden. Holdwells Laborexperten hatten den Safe mit Nitro nicht öffnen können, jedenfalls nicht mit der kleinen Menge, auf die man sich beschränken mußte, wenn man nicht das ganze Gebäude gleich mit in Schutt und Asche legen wollte. Trotzdem war es ein spannender Moment.

»Alle zurück!« rief Fell im Kommandoton. »Bitte alle zum Ausgang!«

Der 801 wies keine Schlüssellöcher oder sonstigen Öffnungen auf, in die Sammy den Sprengstoff hätte schieben können, doch er löste dieses Problem, indem er die Phiole unweit des Scharniers festklebte. Dann nahm er einen Hammer von der Werkbank, trat zehn Schritte zurück und schleuderte ihn auf das Glas. Der Wurf war gut gezielt; das Metall prallte gegen die Phiole, und der Sprengstoff tat sein Werk; Sammy ließ sich auf den Boden fallen und verdeckte seinen Kopf mit den Armen. Die Explosion ließ sämtliche Fensterscheiben des Gebäudes scheppern, doch als sich der Qualm verzog, zeigte sich der 801 in beinahe unverschämter Uneinnehmbarkeit.

Jetzt steckte Sammy wirklich in der Klemme. Es war fast elf Uhr, und er schien nicht vom Fleck zu kommen. Beinahe zwei Drittel seines Publikums verzogen sich, um im Direktionskasino der Holdwell-Gesellschaft die gebotene Gastfreundschaft in Anspruch zu nehmen. Um halb zwölf, als Sammy vor dem Safe hockte und mit einem Stahlnagel sinnlos an den Schlössern herumstocherte, waren nur noch zwölf Zuschauer im Saal.

Sammy begann, ein Stethoskop einzusetzen, und versuchte, das Geräusch fallender Schlüsselsperren einzufangen. Jimmy Valentine war ein Mythos, ebenso Sammys berühmte ›Sanfte Hand‹. Sammy hatte Tresore zerhackt, verbrannt, durchlöchert und gesprengt; nie zuvor hatte er einen stählernen Gegner mit zarten Fingerspitzen aufbekommen. Soweit er wußte,

war das auch noch keinem anderen gelungen. Trotzdem versuchte es Sammy jetzt, während ihm der Schweiß über die Stirn und hinter die abstehenden Ohren rann, der Blick glasigstarr, die Lippen trocken angespannt, heftig atmend, mit zitternden Händen. Es war die reinste Verzweiflung, eine letzte Hoffnung.
Eine Viertelstunde vor Mitternacht kehrten die Zuschauer zurück, um sich die letzte Runde des Kampfes anzusehen. Fünf Minuten später – die Anwesenden hatten den Atem angehalten und wagten nicht einmal zu husten – fummelte Sammy noch immer am Zeitmechanismus herum.
Dann blieben nur noch wenige Minuten.
Sammy stand auf. Er schwankte wie ein Betrunkener. Mit einem tierisch-kehligen Grollen torkelte er zur Werkbank und begann, nach einem Werkzeug zu suchen, das es nur in seiner Phantasie geben konnte. Er verstreute die Geräte links und rechts, ein Werkzeug anhebend und sofort wegwerfend, dann nach einem anderen greifend, es anstarrend, ehe er es ebenfalls fortschleuderte. Endlich hob er den Vorschlaghammer und brachte ihn zum Safe. Mit der Kraft, die seinen dünnen Armen noch verblieben war, ließ er den Hammer mit dröhnendem Laut gegen die Tür prallen. Die Vibration zuckte durch den Griff in seinen Körper und riß seine Finger auf. Der Vorschlaghammer fiel zu Boden, und Sammy stand wie ein erschöpftes Pferd keuchend vor dem 801, Kopf und Schultern gesenkt, die Niederlage im Blick.
Es war Mitternacht, und der 801 hatte den Sieg davongetragen.
Der Jubel, der nun aufbrandete, galt nicht dem gefühllosen Metallkasten, sondern Sammy. Sogar die Polizisten stimmten in das Geschrei ein, in jenen besonderen Applaus, der dem guten Verlierer vorbehalten ist. Fell eilte vor und schüttelte dem kleinen Safeknacker die Hand, nahm die schmächtige Gestalt in die stämmigen Arme. Blitze zuckten auf. Einige

Reporter ließen sich von der Aufregung des Augenblicks anstecken und rasten zu den Telefonen, als hätten sie einem Raketenstart beigewohnt. Mit triumphierendem Grinsen verteilte Wilton Stark Pressematerial an die Magazinreporter. Aus dem Hintergrund wurde eine Flasche nach vorn gereicht, und Sammy gönnte sich dankbar einen großen Schluck Whisky.

Und wieder stand Fell auf seinem Stuhl und hielt die Abschlußrede. Er dankte den Gästen für ihr Kommen, dankte Sammy für seinen großen Einsatz, erwähnte amerikanischen Einfallsreichtum und Beharrlichkeit und überreichte dann der ›Sanften Hand‹ Morrissey seinen Verliererlohn – tausend Dollar in bar.

»Danke«, sagte Sammy und steckte das Geld ein. »Schätze, ihr habt da wirklich einen tollen Safe.«

Die Menge drehte durch.

Die Party war noch im Gange, als Sammy, geschlagen und anonym, in der Nacht verschwand.

Am nächsten Morgen ging Fells Sekretärin nicht auf seinen fröhlichen Gruß ein. »Nachricht für Sie«, sagte sie energisch. »Wilton Stark möchte, daß Sie ihn sofort anrufen.«

Fell grinste und staubte sich den Jackenaufschlag ab. »Noch mehr Lobeshymnen«, seufzte er. »Verbinden Sie bitte, Schätzchen.«

Hilda gehorchte. Als Stark am anderen Ende der Leitung wie ein verwundeter Stier zu brüllen begann, warf Fell einen überraschten Blick auf den Hörer. »Was ist denn los, Wilton?« fragte er.

»Los? Ich sage Ihnen, was los ist!« brüllte Stark. »Als das Zeitschloß den 801 heute früh freigab, schauten wir hinein. Und wissen Sie, was wir gefunden haben? Einen Umschlag mit fünfzig sorgfältig zurechtgeschnittenen grünen Papierblättchen. *Papier*, Fell, hören Sie?«

»Papier?« schluckte Fell. »Kein Geld?«
»Kein Geld!« tobte Stark. »Nur Papier! Das sind fünfzigtausend Piepen, Fell, die wir Ihnen aus dem Fell schneiden werden!«
»Aber das ist doch nicht möglich! Ich hab' das Geld selbst hineingetan. Irgend jemand . . .« Fell mußte sich plötzlich setzen. »Jemand muß die Umschläge vertauscht haben . . .«
Stark ließ einen nicht enden wollenden Strom von Schimpfworten und Drohungen vom Stapel, doch Harrison Fell hörte davon nichts.
»Sammy«, sagte er mit schwacher Stimme.
»Was soll das?«
»Sammy!« ächzte Fell. »Er hat mir selbst *gesagt*, er wäre jetzt auf einem anderen Gebiet tätig. Ich hätte besser zuhören sollen! Warum habe ich nicht auf ihn gehört? Er ist kein Safeknacker mehr – sondern Taschendieb!«

Konkurrenz belebt das Geschäft

DONALD HONIG

Das Aufkommen von Konkurrenz, ein häßliches Bohren, das sich meistens dann bemerkbar macht, wenn man gerade nicht hinhört, vermag den Stolz eines Menschen zu wecken, bis er so wild funkelt wie das Auge eines Tigers. Konkurrenz ist eine Krankheit, die früher oder später jede Branche, jeden Beruf heimsucht und dazu führt, daß ein gewaltiger Schritt vorwärts gemacht wird. Trotzdem hat jeder ehrenwerte Mann die Pflicht, sich ihr mit voller Kraft entgegenzustellen.

Um gleich klare Verhältnisse zu schaffen – ich und meine Kumpel Jack und Buck sind seit langem führende Fachkräfte in der schwierigen Kunst des Menschenraubs, in der Kunst der Entführung mit wissenschaftlicher Akribie, die keine Fußspur, keinen Fingerabdruck, keinen Laut, kein Bedauern hinterläßt. Perfektion ist in diesem schwierigen Metier die einzige Formel für den Erfolg. Viele haben unsere Technik studiert und sie – erfolglos – nachzuahmen versucht.

Daher war ich ziemlich überrascht, als ich eines Tages erfuhr, daß eine andere Organisation Männer, Mut und Mittel zusammengebracht hatte, mit uns in den Wettbewerb zu treten. Ich begegnete dem Anführer der Truppe an dem Nachmittag, da ich wie jedes halbe Jahr einen Besuch bei meinem alten Vater machte (ein im Ruhestand lebender Fassadenkletterer, der einen Höhenkoller bekommen hatte). Sein Zuhause war das ›Heim der pensionierten Wikinger‹, eine von der gesamten Unterwelt getragene Institution, die sich um lahm gewordene Straßenräuber, von Gewissensbissen geplagte Schwindler, abstinente Rumschmuggler, arthritische Fälscher und zu Vegetariern bekehrte Viehdiebe kümmerte. Auf dem Rückweg zum Bus lief ich zufällig Barney Blue über den Weg, einem alten Freund von Bar- und Richtertresen. Barney war bei seinem Vater gewesen, einem alten Safeknakker, der vorzeitig in den Ruhestand hatte treten müssen, weil er Angst vor der Dunkelheit bekam.

»Bush«, sagte Barney unterwegs zu mir, »ich bewundere deine Organisation schon lange. Du und deine Jungs, ihr seid auf eurem Gebiet seit Jahren die ungekrönten Könige. Eure Fischzüge haben überall die Herzen der mutigsten Männer erobert und sind als exemplarisch für unsere Kunst anzusehen. Ich weiß das alles, weil ich sie jahrelang studiert habe. Nachdem ich nun dem Meister sein Handwerk abgeschaut habe, werde ich selbst eine kleine Gruppe zusammenstellen und ein bißchen Wettbewerb aufkommen lassen.«

»In unserem Land kann sich jeder seinen Beruf wählen, Barney«, sagte ich. »Es ist nichts dagegen zu sagen, daß du selbst ins Geschäft einsteigst, doch ich muß dich warnen: Du erweist dir keinen guten Dienst, wenn du dich als Konkurrent ausgibst. Warum etwas Perfektes überbieten wollen? Warum gehst du mit deinen Jungs nicht in eine Branche, die Initiative erfordert – Postkutschen anhalten oder den Läden am Oregon-Trapper-Pfad euren Schutz verkaufen?«

Er lachte, doch es klang angespannt.

»Gefällt dir nicht, daß sich jemand auf deiner fetten Weide umtun will, was, Bush?« fragte er. »Na, vielleicht kann die Branche mal ein bißchen neuen Schwung und Wagemut vertragen. Es heißt, du und deine Jungs, ihr seid in letzter Zeit ein bißchen zu selbstgefällig und zurückhaltend gewesen. Die Trauben an deinem prächtigen Weinstock beginnen zu verdorren, alter Knabe.«

Also, ich lachte ihn nur aus. Als ich dann aber wieder zu Hause war, kam ich doch ein wenig ins Grübeln. Vielleicht stimmte es wirklich, daß wir uns in letzter Zeit zu sehr auf unseren Lorbeeren ausgeruht hatten. Ich fand, daß wir obenauf schwammen und uns ein bißchen Ruhe gönnen konnten. Die Gefahr einer neuen Konkurrenz jedoch ließ alles in anderem Licht erscheinen. Durchaus möglich, daß Barney Blue und seine Kumpel einen gewaltigen Coup landeten und uns in den Hintergrund drängten. Ich kam zu dem Schluß, daß es nur eine Möglichkeit gab: Ich mußte meiner Karriere eine neue Krone aufsetzen. Und so holte ich die Jungs zusammen und gab ihnen Bescheid.

»Um die dumme Drohung abzuwehren«, sagte ich zu Buck und Jack, »müssen wir eine Nummer abziehen, die an Raffinesse und Kühnheit alles in den Schatten stellt, das Barney Blue und seinen Kollegen jemals einfallen könnte – dagegen müssen unsere früheren Aktionen aussehen wie Gesellenstücke neben einem Meisterwerk. Wir müssen einen Job landen, der allen Insassen im Heim der pensionierten Wikinger ins Blut geht, der Neulinge inspiriert, Versagern neue Hoffnung schenkt und Barney Blue und seinen Jungs gleichzeitig eine dauerhafte Lektion erteilt.« Und ich meinte *dauerhaft*.

»Klingt nach einer großen Nummer«, sagte Jack.

»Die Sache muß riesig ausfallen«, erwiderte ich. »Nichts weniger als der größte Coup der Geschichte kommt in Frage. Ich will ein so gewaltiges Ding abziehen, daß unsere Wettbewerber vor Scham versinken, ein so brillantes Unternehmen, daß die Historiker überall auf der Welt in ihren Manuskripten ein paar hundert Seiten überspringen und uns gleich fürs nächste Jahrhundert vormerken.«

Jack strahlte fröhlich; in solchen Dingen waren die Jungs willig und guten Mutes. Buck zeigte zwar noch ein mürrisches Gesicht, doch spürte ich, daß er schon an der Angel hing.

»Wen hast du als Opfer im Sinn, Bush?« fragte Jack.

»Mal sehen, ob ihr ihn erratet: Wer ist der reichste Mann auf der Welt?«

»Den doch nicht!« sagte Jack entsetzt.
»Doch«, sagte ich.
»Aber es ist so gut wie unmöglich, auch nur in seine Nähe zu kommen«, meinte Jack. »Er kennt die Gefahren, die von Leuten wie uns ausgehen. Sein Wagen ist praktisch ein Panzer, und seine Leibwächter sind Neandertaler.«
»Das zählt natürlich für ihn«, sagte ich. »Aber er hat auch seine Schwächen. Ihn beeindrucken Millionäre und andere Berühmtheiten – und das beraubt ihn seines Schutzes.«
»Von wem reden wir eigentlich?« fragte Buck, der sich sonst selten zu Wort meldete. Seine Fähigkeiten beschränkten sich auf das Muskulöse.
»Von J. J. Griggen, dem miesen Milliardär.«
»Dem Mann mit dem Öl«, sagte Jack.
»Ja«, erwiderte ich, »Öl. Wo immer auf der Welt eine Maschine stockt, absäuft oder quietscht, steckt J. J. Griggen saftige Gewinne ein.«
»Scheint mir ein passender Kandidat zu sein«, sagte Buck.
»Bei dem können wir fünf Millionen fordern«, sagte ich. »Und einsacken. Damit nähmen wir ihm einen Wochenlohn weg – was macht ihm das schon? Der kauft sich ein paar Kongreßabgeordnete, veranlaßt sie, ein Gesetz durchzubringen, nach dem Lösegelder von der Steuer abzusetzen sind, dann vergißt er das Ganze.«
»Wie willst du das Ding aber durchziehen?« fragte Jack.
»Ich hab' alles ausgearbeitet«, antwortete ich. »Barney Blues kühner Vorstoß in unser persönliches Revier hat mich dazu angeregt, den größten Coup unserer Karriere ins Auge zu fassen. J. J. Griggen wird heute in zwei Wochen an einem Wohltätigkeitsball für überprivilegierte Kinder teilnehmen. Mit dessen Hilfe soll der Bau von mosaikverzierten Schlagballfeldern in den Adirondacks-Sommerheimen dieser Kinder finanziert werden. Und das Tolle ist, daß es sich um einen Kostümball handelt. Stand heute erst in der Zeitung. Jungs«,

fuhr ich energisch fort, »sucht euch ein Kostüm aus, knöpft euch eure zweite Persönlichkeit um, laßt eure Herzen singen – denn wir gehen auf einen Ball!«

Der Handliche Harry, unser Fälscher um die Ecke, besorgte uns passende Einladungen. Der Ball wurde als das große gesellschaftliche Ereignis der Saison gepriesen – ach, was wußten die Anpreisenden, wie ereignisreich der Abend wirklich werden würde! Schauplatz war eines jener prächtigen Landhäuser auf Long Island, in denen an Regentagen das Polospiel im Wohnzimmer stattfindet. Mehrmals fuhren wir hinaus, um uns das Gelände anzusehen, dann kehrten wir in die Stadt zurück, um den Plan auszuarbeiten, den wir im Laufe seiner Entwicklung nacheinander für machbar, unfehlbar, genial und teuflisch hielten.

Ich wählte meinen Begleitern die Kostüme aus. Buck sollte als Höhlenmensch gehen, als *Homo extinctus*, mit Lendentuch, Knüppel und mürrisch gefurchter Stirn. Jack gedachte ich als Lord Byron einzuführen, mit Rüschen und Spitzen und markigen Versen. Ich selbst würde als Millard Fillmore auftreten, unauffällig, aber würdevoll. In unserer Begleitung würde sich ein weiterer unerwarteter Gast befinden, der im Verlauf des Abends noch eine wichtige Rolle spielen sollte.

Gegen halb zehn trafen wir auf dem Ball ein. Das Haus funkelte nur so von Lichtern und Edelsteinen. Sie waren alle da, Herzöge und Herzoginnen und Prinzen und Prinzessinnen aus Ländern und Orten, an die sich heute nur noch Briefmarkensammler und pensionierte Landkartenzeichner erinnern; und alle Playboys und Wirtschaftsbosse, die man sich nur vorstellen kann – Männer, die im Schatten der Wall Street leben, und die Frauen, die ihre Schatten auf die Männer der Wall Street werfen. Sie alle in Kostümen. Ich machte mich bekannt mit Oliver Cromwell, Talleyrand, William McKinley (davon gab es drei), Julius Caesar, Beau Brummel, Marie Antoinette, Madame Dubarry und Dutzenden von anderen.

Nachdem ich mich etwa eine Stunde gezielt in der Menge umgesehen hatte, fiel mein Blick endlich auf J. J. Griggen. In seiner angeborenen Bescheidenheit war er als Moses gekommen, nicht als Michelangelos Moses, sondern als Griggens Moses – klein, rundlich, mit wieselflinken Augen. So wie ihm alle Platz machten und hinterherstarrten, hätte er gar der echte Moses sein können.

Bei der Bowlenausgabe stieß ich ihn an.

»'tschuldigung, Moses«, sagte ich, und er lachte. So etwas gefiel ihm.

»Sie haben mich also erkannt, wie?« fragte er.

»Kein Problem.«

»Und wer sind Sie?« erkundigte er sich.

»Präsident Millard Fillmore«, erwiderte ich.

»Präsident wovon? General Motors?«

»Nein, U.S.«

»Ah – U.S.-Stahl!« sagte er und tätschelte mir herablassend die Schulter. »Ist mir ein großes Vergnügen, ja, Vergnügen. Machen Sie wirklich in Stahl, Sir?«

»Könnte man sagen, wenn Sie Wortspiele lieben. Etwas Stahlhartes habe ich auf jeden Fall zu bieten.«

Wir unterhielten uns, und während ich den alten Knaben mit Anekdoten bei Laune hielt, führte ich ihn auf einen Balkon. Dort draußen, wo wir von anderen nicht gesehen werden konnten, begegneten wir einem Höhlenmenschen, der einen Knüppel schwang.

»Ah«, sagte Griggen lachend, »ein Vertreter der Arbeitnehmer-Organisationen!« Er machte Anstalten, dem Höhlenmenschen die Hand zu reichen. Der aber hatte keinen Sinn für höfliche Gesten. Ein Klaps mit dem Knüppel, und J. J. Griggen lag ausgestreckt auf dem Balkon.

Dann gingen wir an die Arbeit. Buck holte das Paket, das wir auf dem Balkon versteckt hatten und in dem sich der Überraschungsgast befand – ein Bärenfell, erstanden in einem

Laden, in dem es Bärenfelle und Hellebarden und Maurenkappen und Schrumpfköpfe und Minié-Kugeln vom Gettysburg-Schlachtfeld zu kaufen gibt. Ich stützte den alten J. J., während Buck ihm das Bärenfell überstreifte und den Reißverschluß zuzog. Dann nahm Buck den Bären quer auf die Arme und ließ sich von mir in den Ballsaal führen.

»Thomas Jefferson«, rief ich den lächelnden, kostümierten Gästen zu, »der die symbolische ursprüngliche Kraft Amerikas hinter sich herführt.« Etliche Männer brachen in Jubelgeschrei aus, und eine Frau bemerkte, wie raffiniert das doch erdacht sei.

Ich führte die Symbole zur Vordertür hinaus und die Auffahrt zum Parkplatz hinab. Dort fand ich Lord Byron am Steuer unseres Wagens sitzend, der Motor lief, die Hintertür stand offen. Buck ließ den Bären auf den Rücksitz fallen und schob sich daneben. Und schon fuhren wir die Auffahrt hinunter und durch das Tor, mit zackigem Gruß verabschiedet vom Sonderkommando der Polizei, das dort aufpassen sollte; schließlich geschah es nicht jeden Abend, daß sie Millard Fillmore, Lord Byron, einen Höhlenmenschen und den reichsten Bären der Welt gleichzeitig zu Gesicht bekamen.

Wir rasten die dunklen, baumgesäumten Long-Island-Straßen entlang. Unser Ziel war eine kleine Hütte, die ich vorbereitet hatte. Am Ende eines Lehmweges gelegen, abgeschieden und für unsere Zwecke bestens geeignet. Zwar hatte sie wenig Ähnlichkeit mit den Herrschaftshäusern, in denen Griggen normalerweise residierte, doch würde er sie in den nächsten Tagen sein Zuhause nennen müssen.

Als wir in der dunklen, warmen, grillenzirpenden Nacht vor dem Unterschlupf hielten, begann sich Griggen zu rühren. Ich glaube nicht, daß er wußte, was er da trug (es gibt wohl kaum einen Menschen, der sich vorstellen kann, in einem Bärenfell zu erwachen), doch schon begann er zu brüllen, wir sollten ihn von dem scheußlichen Ding befreien, mit einer Stimme, die

Autorität verhieß, die es gewöhnt war, über Angestellte, eilfertige Kellner, hastig herbeieilende Pförtner und sprudelnde Ölquellen zu gebieten. Buck – Buck, dessen Reichtum sich auf Muskelkraft und gute Freunde beschränkte –, Buck forderte ihn auf, den Mund zu halten. Griggen erstickte beinahe daran.

Wir führten ihn in die Hütte und nahmen ihm das Bärenfell ab. Verblüfft betrachtete Griggen das Gebilde, dann musterte er uns, die wir in unseren Kostümen vor ihm standen, und vermutlich verlor er wegen des Schlages auf den Kopf vorübergehend die Orientierung, denn er fragte: »In was bin ich da geraten – eine Zeitmaschine oder ein Irrenhaus?«

»Weder – noch, Mr. Griggen«, antwortete ich. »Wir sind Flüchtlinge des Wohltätigkeitsballes, und Sie sind unser Gast. Um dem Geiste des Abends treu zu bleiben, könnte man sagen, wir haben uns als Ihre Entführer und Sie sich als unser Opfer verkleidet, aber das sollten Sie lieber nicht ernsthaft annehmen – der Ball ist aus, die Realität hat uns wieder.«

»Das ist unerhört!« tobte er.

»Da bin ich Ihrer Meinung«, sagte ich. »Aber wir haben Sie nicht hergebracht, weil wir einen vierten Mann zum Bridgespielen brauchen. Ich warne Sie – uns treibt die Verzweiflung. Um unser Ziel zu erreichen, werden wir kein Mittel scheuen. Bitte setzen Sie sich also, machen Sie es sich bequem. Die ganze unerhörte Sache dauert bestimmt nicht länger als ein oder zwei Tage – je nachdem, wie gut Sie uns unterstützen.«

»Unterstützen? Wovon reden Sie da?« fragte er und bot in seiner Toga ein prächtiges Bild der Entrüstung.

»Wir werden Sie gegen fünf Millionen Dollar eintauschen – und sorgen gleichzeitig dafür, daß Sie nicht nur in der Welt der hohen Finanz und des niederen Geschachers berühmt bleiben, sondern auch in die Geschichtsbücher eingehen. Sie sind ab sofort die Schlüsselfigur des größten Entführungsfalles aller Zeiten. Willkommen in den Geschichtsbüchern, Mr.

Griggen. Am heutigen Abend sind Sie von einer Fußnote aufgestiegen in die Kapitelüberschrift.«
Doch entgegen jeder Vernunft zeigte sich der andere unbeeindruckt. »Damit kommen Sie nie durch, Mr. . . . Mr. . . .«
»Fillmore.«
»Verdammt, Fillmore! Das können Sie mit mir nicht machen. Unerhört ist so etwas, außerdem ist mir jede Art Rampenlicht zuwider.«
»Das ist schon beinahe nicht mehr zu verhindern, Mr. Griggen. Also, im Kühlschrank haben wir Bier und Mettwurst. Nicht sehr abwechslungsreich, aber gemütlich. Essen Sie mit?«
Später wechselten wir die Kleidung, und Moses, Byron, Fillmore und der namenlose Höhlenmensch verschwanden. Wie es sich für einen Mann seiner wirtschaftlichen Bedeutung ziemte, erwies sich Griggen als unleidlich. Immer wieder verlangte er eine ganze Batterie von Telefonen, um seine Anwälte anzurufen. Erst als wir ihm androhten, ihn wieder in das Bärenfell zu stecken und ihm das Fahrradfahren beizubringen, gab er endlich Ruhe und legte sich schlafen. Buck bewachte ihn, während Jack und ich in der Küche saßen, Bier tranken und uns gegenseitig beglückwünschten.
»Das sollen Blue und seine Jungs erst mal besser machen«, sagte ich mit verzeihlichem Stolz. »Sobald sie von dieser Sache hören, ziehen sie ihre Netze ein, machen den Laden zu und überlassen das Geschäft den wahren Profis.«
»Das muß man dir lassen, Bush«, sagte Jack, »du hast den genialen Kniff raus. Aber meinst du, wir kriegen wirklich fünf Millionen für ihn?«
»Keine Frage«, entgegnete ich. »Für den König von England oder den Enkel eines Milliardärs bekäme man nie soviel, doch garantiert für einen Mann wie J. J. Griggen, kein Zweifel – denn er ist ohne weiteres in der Lage, sich diese Summe noch hundertmal zurückzuverdienen; daher wird jeder, mit dem

wir deswegen verhandeln, nur zu begierig sein, uns das Geld zu verschaffen, damit Griggen zurückkommt. Er kann sich dann gleich wieder an den Schreibtisch setzen, die Ärmel hochkrempeln und mit dem Geldverdienen weitermachen. Begriffen?«

»Was für eine Theorie!« sagte Jack bewundernd. »Geradezu genial.« Das war noch ziemlich zurückhaltend ausgedrückt, aber ich errötete trotzdem.

Am nächsten Morgen zerrten wir Griggen aus dem Bett, gaben ihm ein kostenloses Frühstück und kamen gleich anschließend zum Kern des Drudels, wie mein Großvater immer sagte.

»Mit wem setzen wir uns wegen der Lösegeldforderung in Verbindung?« fragte ich.

»Ich sage kein Wort«, antwortete Griggen.

»Mr. Griggen«, bemerkte ich und zog mein finsterstes Gesicht, »im Keller dieser Hütte haben wir eine Folterkammer aus dem Mittelalter, angefüllt mit Streckbänken, Peitschen, Klammern und Video-Aufnahmen von Werbespots im Fernsehen. Sollten Sie sich nicht als verständnisvoller Kunde erweisen, werden Sie die barbarischere Seite der menschlichen Natur kennenlernen. Und jetzt – antworten Sie auf die Frage!«

Er seufzte. Er war besiegt, was er als kluger Geschäftsmann sofort einsah. Aber er machte für sich das Beste daraus.

»Sie setzen sich mit meiner Frau in Verbindung, Mrs. Hildegard Griggen.« Er nannte uns die Nummer. »Sie ist die einzige, die etwas unternehmen kann. Sie hat den Schlüssel zu meinem Tresor.«

»Neigt sie zur Hysterie?«

»Sie ist kalt wie Eis.«

»Sie wird meine Befehle ausführen?«

»Auf jeden Fall – wenn sie weiß, daß mein Wohlergehen davon abhängt.«

»Ausgezeichnet.«
Am gleichen Nachmittag fuhr ich in die Stadt und betrat eine Telefonzelle, mit der Absicht, ein Zehncentstück in fünf Millionen Dollar zu verwandeln. Ich wählte die Nummer, die J. J. mir genannt hatte, und wartete. Das Telefon klingelte und klingelte. Nach fünf Minuten kam ich zu dem Schluß, daß sich niemand melden würde, und kehrte in die Hütte zurück.
»Was haben Sie mir da gegeben, Bursche?« fragte ich Griggen. »General Custers Grab-Nummer am Little Big Horn?«
»Was soll das heißen?« fragte er. »Das ist Mrs. Griggens Privattelefon.«
»So privat, daß niemand sich gemeldet hat.«
»Das ist nicht ungewöhnlich. Meine Frau führt ein sehr aktives Leben.«
»Wird sie sich wegen Ihres Verschwindens nicht Sorgen machen?«
»Noch nicht. Ich bleibe oft über Nacht weg. Ich habe weitreichende Interessen, Mr. Fillmore; sie erfordern Tag und Nacht meine ungeteilte Aufmerksamkeit. Das werden Sie bald erfahren.«
Ich versuchte es am späten Nachmittag noch einmal, dann am Abend. Niemand meldete sich. Langsam wurde ich nervös. Ein Mann wie J. J. Griggen kann nicht längere Zeit verschwinden, ohne daß er tausend Leuten zu fehlen beginnt. Sobald jemand mitbekam, was hier im Gange war, würden wir ungeheuer unter Druck geraten.
»Waren Sie nicht mit Ihrer Frau auf dem Ball?« fragte ich.
»Nein«, antwortete Griggen. »Sie mag solche Bälle nicht. Ich wünschte, Sie würden sie endlich erwischen und die Angelegenheit erledigen. Ich hab' diesen Laden ziemlich satt.«
Die Nacht verging, dann war es wieder Tag.
»Heute muß es laufen«, sagte ich zu Jack. »Entweder erwischen wir die alte Dame, oder wir müssen ihn freilassen. Heute abend wird man ihn so dringend vermissen, daß es mich

nicht wundern würde, wenn die Börse zusammenkracht. Und schon hätten wir die Armee, die Marine, die Ledernacken, die Luftwaffe, die Küstenwache und die reaktivierte Heimwehr auf dem Hals.«

Ich fuhr also von neuem in die Stadt und machte mir wieder Gedanken über die kleine Münze, die zwischen mir und den fünf Millionen Dollar stand. Ich wollte Mrs. Griggen einschärfen, nicht in Panik zu geraten und keiner Seele etwas zu verraten. Sie sollte bloß mit Schaufel und Eimer in den Tresor gehen, dann könnte sie ihren Mann wiederhaben.

Aber ich sagte ihr gar nichts. Denn sie war nicht zu Hause. Für meinen Zehner bekam ich nur das leise, beständige Läutezeichen zu hören. Dann mußte ich auflegen und zur Hütte zurückfahren.

»Mr. Griggen«, sagte ich zu ihm. »Sie sind ein freier Mann. Kehren Sie zu Ihren Ölquellen zurück.«

»Bekommen Sie die fünf Millionen?« fragte er nicht ohne faszíniertes Interesse.

»Gehen Sie nach Hause, Mr. Griggen.« Ich konnte kaum abwarten, ihn aus dem Haus zu haben. Es tat mir weh, ihn nur anzuschauen.

Wir blickten ihm nach, wie er durch die Tür ins Freie trat, den Weg hinabging und auf der Straße verschwand.

»Da marschieren fünf steuerfreie Millionen«, sagte ich zu meinen griesgrämig dreinschauenden Genossen. »Und wir haben sie verloren, weil wir eine Frauenstimme nicht hören konnten. Sie brauchte nichts anderes zu tun, als aus dem Schönheitssalon oder vom Tee bei Mrs. Vanderfeller nach Hause zu kommen und sich am Telefon zu melden – dann hätten wir unsere fünf Millionen gehabt.«

»Heute ist ein Trauertag«, sagte Jack, und Buck brummte nur.

J. J. Griggen war ein seltsamer Kauz, der Publicity scheute. Folglich verschwieg er der Polizei die Ereignisse. Und auch

ich prahlte natürlich nicht damit herum. Vor allem sollte unsere üble Konkurrenz, Barney Blue und seine Jungs, nicht erfahren, wie wir fünf Millionen Dollar durch die Tür hatten abmarschieren lassen. Das wäre meinem Ruf so schlecht bekommen, daß nicht einmal das neueste Waschmittel hätte helfen können. Wie sich die Dinge ergaben, begegnete ich Barney Blue einige Wochen später in einer Taverne, in der sich Herren eines gewissen Rufes öfters treffen.
»Wie geht es meinem Konkurrenten?« fragte ich.
Doch anstelle eines strahlenden Lächelns und einer kecken Bemerkung schenkte er mir nur einen düsteren Blick.
»Wir sind aus dem Zweig wieder raus, Bush«, sagte er. »Du kannst dich wieder allein tummeln. Und glaub mir, nachdem ich mir in deiner Sparte nasse Füße geholt habe und erleben mußte, wie kompliziert das alles ist, bewundere ich dich noch mehr.«
»Ah, vielen Dank, Barney, vielen Dank. Du gibst auf?«
»Wir haben was Großes versucht, aber das klappte nicht. Vermutlich fehlte uns dein Know-how. Weißt du, wen wir uns an Land holten, Bush?«
»Raus damit.«
»Die Frau des reichsten Mannes der Welt – Mrs. J. J. Griggen. Lief alles perfekt – nur bekamen wir den alten Knaben nicht ans Telefon, um unsere Forderung anzumelden.«
»Das war vor etwa drei Wochen?« fragte ich und versuchte, mir nicht anmerken zu lassen, wie weich sich plötzlich meine Knie anfühlten.
»Genau. Woher weißt du das?«
»In unserem Geschäft gibt es keine Geheimnisse, Barney. Absolut keine.« Und zum erstenmal im Leben konnte ich mir vorstellen, wie ich im Heim für pensionierte Wikinger auf der Veranda saß, den Schaukelstuhl bewegte und über Einbruchalarme, wachsame Polizisten, Augenzeugen und all die anderen Fallstricke unseres Berufes philosophierte.

Schmuggelgut

JAMES HOLDING

Freitag abend zur Cocktailstunde schrieben sie sich im Hotel Excelsior in Neapel ein. Der Nachmittagsflug von Zürich war trotz Annes unbestimmter Vorahnungen ereignislos verlaufen.

Der Portier warf einen achtlosen Blick auf die Anmeldekarte, die Arthur ausgefüllt hatte. »Ach ja«, sagte er, »Mr. und Mrs. Arthur Benson aus Davenport, Iowa.« Seine Aussprache ließ zu wünschen übrig. Benson nickte. »Ihr Zimmer ist bereit, Signor Benson. Nummer zweiundfünfzig. Speziell für Sie reserviert. Es liegt nach vorn hinaus, mit Blick auf die Bucht.« Er drückte auf eine silberne Klingel, um einen Pagen zu rufen. Die Bensons warteten darauf, daß er etwas hinzufügte, etwas, das ihnen einen Hinweis gab, wie es jetzt weiterging, doch er sagte nur: »Sie haben ziemlich viel Gepäck. Ich lasse zwei Pagen kommen.«

Zwei nicht mehr ganz junge Hoteldiener nahmen sich des Gepäcks an, und die Bensons machten Anstalten, ihnen zu folgen. Erst in diesem Augenblick schnalzte der Portier mit den Fingern, verzog das Gesicht zu einer Grimasse der Selbstkritik und erhob die Stimme bis an die Grenze des Vornehmen: »*Scusi,* Signor Benson! Bitte noch einen Augenblick. Ich habe hier eine Nachricht für Sie.«

Nicht ohne Verlegenheit holte er einen Stapel Post unter dem Tisch hervor und blätterte schnell. Er zog einen einfachen weißen Umschlag heraus und hielt ihn über den Tisch. »Tut mir leid«, sagte er. »Habe ich vergessen.«

Benson lächelte erleichtert und sagte »Danke«, ehe er seiner Frau folgte. Mit kurzem Blick erkannte er, daß auf dem Umschlag sein Name stand, mit violetter Tinte in schwungvoller Männerhandschrift geschrieben.

Die Bensons hatten von dem Balkon vor ihrem Zimmer einen großartigen Blick auf die Bucht. Das Wasser schimmerte übertrieben blau. Im roten Zwielicht zur Linken, hinter Castel del Ovo, schlummerte der Vesuv. Aus einem Café am Santa-Lucia-Ufer direkt unter ihnen tönte Akkordeonmusik herauf.

Als die Pagen mit ihrem zu reichlich bemessenen Trinkgeld abgezogen waren, fragte Anne Benson: »Ist das nicht wunderhübsch, Arthur?« und warf ihren kleinen Hut auf eines der getrennten Betten. Durch die offene Tür trat sie auf den Balkon hinaus, ihr Gesicht wirkte lebhafter, in ihren Bewegungen lag eine neue Frische. »Das ist es also? Endlich, endlich!«

»Hier sind wir am Ziel, Liebling«, sagte Arthur Benson und betrachtete lächelnd ihren schmalen Rücken. Anne hatte beide Hände auf das Balkongeländer gestützt und ihren schlanken Körper auf den hohen Absätzen zur vollen Größe ausgestreckt. Sie war in Bensons Augen so hübsch wie eh und je, nicht minder jung und begehrenswert als vor zwanzig Jahren, als er sich in sie verliebte. Ein Gefühl der Zärtlichkeit wallte in ihm auf.

Dann aber bezwang er sich. »Vermutlich ist das der Kontakt, Anne«, sagte er leise, »der Brief, den der Portier für mich hatte.« Er hielt ihn in die Höhe. »Ich glaube nicht, daß er ihn vergessen hat. Er wollte wohl nur abwarten, bis er sich eine Meinung von uns gebildet hatte, bis er wußte, daß wir anständig und verschwiegen sind.«

Anne wandte dem Panorama abrupt den Rücken zu. »Mach den Umschlag nicht auf, Arthur«, drängte sie. »Bitte nicht!« Plötzlich wirkte sie bekümmert; der Schwung schien sie verlassen zu haben, um von Angst abgelöst zu werden.

»Aber der Mann in Zürich hat gesagt . . .«
»Mir ist gleich, was er gesagt hat!« unterbrach sie ihn energisch. »Es war verrückt, überhaupt auf ihn zu hören! Auf Empfehlung eines Fremden wegen dieser Sache hier ins Hotel zu kommen! Das ist gefährlich, Arthur!«
»Mag sein«, antwortete er. »Aber jetzt ist es zum Aussteigen zu spät.« Er schwenkte den Umschlag vor ihr hin und her.
Anne ging zu ihm und legte ihm die Arme um den Hals. Besorgt stellte er fest, daß in ihren Augen Tränen standen.
»Ach, Arthur, ich habe ja solche Angst! Du hast bisher nie etwas Unrechtes getan. Du bist immer ehrlich gewesen und . . . aufrecht. Es tut mir sehr weh, zu sehen, wie du jetzt in aller Seelenruhe so etwas planst!«
»Ich bitte dich, Anne, so schlimm ist es nun auch wieder nicht!« Tröstend klopfte er ihr auf den Rücken, obwohl er selbst ziemlich angeschlagen war. »Schließlich ist es nur Schmuggel. Und geschmuggelt wird seit der Zeit des Alten Testaments – und dabei machen auch ehrliche Leute mit. Im Grunde ist so etwas mehr eine Unabhängigkeitserklärung als ein Verbrechen, Liebling. Verstehst du das nicht?« Er brauchte die Beruhigung dieser vertrackten Logik so sehr wie sie.
Anne trocknete ihre Tränen und setzte sich in einen der unbequemen Sessel des Zimmers. »Gehen wir vor dem Essen auf einen Cocktail nach unten, Arthur. Ich brauche dringend etwas zu trinken.«
»Okay. Gleich.« Arthur öffnete den Umschlag mit dem Daumennagel. Er zog einen Streifen Papier heraus und schaute darauf.
»Was schreibt man uns?«
»Eine Telefonnummer, weiter nichts.«
»Kein Name?«
»Nichts. Aber so muß das wohl ablaufen – irgendwie verstohlen.«

»Es macht mir Angst.« Wieder klang Annes Stimme angespannt. »Ich wünschte wirklich, wir hätten uns da nicht hineinziehen lassen, Arthur.«
»Aber jetzt stecken wir drin, Anne. Ich werde die Nummer anrufen. Dann gibt's einen Cocktail und das Abendessen.«
Er ging zum Telefon und ließ sich von der Hotelzentrale mit der angegebenen Nummer verbinden. Dann wartete er.
Gleich darauf sagte eine barsche Stimme: *»Pronto!«* Die Membrane in Bensons Hörer klirrte.
Benson sagte: »Hier ist Arthur Benson.«
»Benson? Ach ja.« Die barsche Stimme wurde ein wenig freundlicher. »Wo wohnen Sie?«
»Im Excelsior.«
»Ah – ein ausgezeichnetes Hotel.« Das Englisch des Mannes klang akzentfrei und schien amerikanisch gefärbt. »Und wie haben Sie meine Telefonnummer erhalten?«
»In einem Umschlag, der beim Portier hinterlegt war.«
»Entschuldigen Sie«, sagte die Stimme, »aber welche Farbe hatte die Tinte, mit der Ihr Name geschrieben war?«
»Violett.«
»Nun denn«, sagte die Stimme energisch, »dann sind Sie also wirklich unser Mr. Arthur Benson, der schon durch einen gemeinsamen Freund in Zürich avisiert wurde.«
»Und wer sind Sie?« fragte Benson geradeheraus.
Ein Lachen tönte durch die Leitung. »Bitte, Signor, *ich* stelle hier die Fragen. Sie brauchen meinen Namen nicht. Sie brauchen nichts anderes als Geld. Haben Sie Geld?«
»Ja, aber . . .«
»Dann treffen wir uns in einer Viertelstunde im Café Mazzini in der Galleria Umberto. Sie kennen die Arkaden? Nein, Sie erreichen sie leicht zu Fuß. Jeder kann Ihnen den Weg zeigen.«
Benson sagte leise: »Meine Frau und ich wollten gerade auf einen Cocktail in die Bar gehen.«

»Den soll sie allein trinken. Wir möchten nicht, daß Frauen ihre Nase in unser Gespräch stecken, Signor Benson. Kommen Sie allein, wenn Sie die Sache ernst meinen. Ich werde vorne im Café am dritten Tisch sitzen. Unter einer karierten Jacke trage ich einen roten Pullover. In einer Viertelstunde.«
Es war ein Klicken zu hören, und die Verbindung war getrennt.
Benson legte den Hörer auf und hoffte, daß die Dame aus der Vermittlung nicht mitgehört hatte. Er sagte zu Anne: »Du wirst deinen Cocktail leider allein trinken müssen, Liebling.«
Sie war bleich geworden. Leise sagte sie: »Ich habe gehört, was er gesagt hat, Arthur. Mach dir meinetwegen keine Sorgen. Wo die Sache jetzt begonnen hat, werd' ich es schaffen. Du hast nur eine Viertelstunde Zeit.«
Der Mann mit der barschen Stimme, dem roten Pullover und dem karierten Jackett erwies sich als klein, dick und rotgesichtig. Er schien gar keinen Hals zu besitzen – der runde, mit kurzen grauen Haarstoppeln bedeckte Kopf schien direkt aus den Schultern hervorzutreten. Benson setzte sich auf den anderen Stuhl am vorderen dritten Tisch des Cafés Mazzini. Er war pünktlich.
Der dicke Mann aß Ravioli. Schmatzend blickte er zu Benson auf, sagte aber nichts. Benson wartete, bis er heruntergeschluckt hatte, und murmelte dann: »Ich bin Benson.«
Der Mann streckte grüßend eine kraftvolle Hand mit kurzen Fingern über den Tisch. »Freut mich, Sie kennenzulernen«, sagte er und genehmigte sich eine neue Ladung Ravioli. Zur Zeit des Alkoholverbots in den USA wäre er vermutlich Schnapsschmuggler gewesen, sagte sich Benson. Um die Augen besaß er jedoch einige Falten, die auf ein verbindliches Wesen hoffen ließen.
Benson wußte nicht recht, wie er beginnen sollte, und sagte: »Unser Freund in Zürich hat mir mitgeteilt . . .«
»Warten Sie.« Der Mann hob eine Hand. »Bitte. Ich weiß,

was unser Freund in Zürich Ihnen gesagt hat – daß ich mit seltenen und im allgemeinen nicht am Markt befindlichen Waren handle – stimmt's? Und damit hat er recht. Aber wir brüllen das nicht in der Öffentlichkeit herum, Signor. Nein.« Mit übertriebener Vorsicht blickte er sich zu den kaum besetzten anderen Tischen um. »Und wir können Ihnen erst Ware liefern, wenn wir uns von Ihrer Qualifikation überzeugt haben.«
»Was wollen Sie wissen?«
Der kleine Mann wischte sich die Lippen ab, an denen Raviolisauce glänzte. Er bot Benson nichts zu essen oder zu trinken an. Dann legte er die Gabel aus der Hand, zündete sich eine Zigarette an und fragte: »Wie lange sind Sie schon in Europa?«
»Fast ein Jahr. Wir haben die Große Tour gemacht. Für meine Frau und mich ist es das erstemal in Europa, und dazu wollten wir uns Zeit lassen und alles richtig anschauen, da wir es nicht eilig hatten, nach Hause zurückzukehren.«
»Sehr vernünftig. Bei kurzen Reisen ins Ausland werden die Leute schnell mißtrauisch. Ein Jahr aber dürfte in Ordnung sein.« Er nickte vor sich hin. »Haben Sie schon jemals mit unserer Ware zu tun gehabt?«
»Nein.«
»Ein Amateur«, sagte der Mann verächtlich. »Das wußte ich nicht. Sie haben überhaupt keine Erfahrungen?«
»Keine. Aber das kann doch nicht so verdammt schwierig sein!« Benson stellte fest, daß er in die Defensive gedrängt worden war, und das erzürnte ihn. Hier sitze ich, dachte er, und flehe diesen Typ praktisch an, ein Verbrechen begehen zu dürfen! Plötzlich überkam ihn die Scham. Er machte Anstalten aufzustehen, doch gelassen winkte ihn der dicke Mann zurück. Aus irgendeinem Grund kam Benson der Geste schüchtern nach. Er mußte an Anne denken, die im Hotel allein war, doch laut fragte er: »Wieviel verlangen Sie?«
Der Mann zuckte die Achseln. »Unter tausend Dollar geht es

nicht. Natürlich in Lire. Sie verstehen, die Summe wird unter mehreren geteilt.«
»Tausend Dollar?« Benson starrte den anderen ungläubig an.
»Sie wären überrascht, zu erfahren, wie schwierig die Ware zu besorgen ist«, gab der Mann zurück. »Schließlich wächst sie nicht auf Bäumen. Die wenigen Eigentümer, die zum Verkauf bereit sind, können das nicht öffentlich verkünden – das verstehen Sie sicher.«
»Natürlich«, beeilte sich Benson, den Italiener zu beruhigen.
»Ich kann mir tausend Dollar leisten.« Er war bereit gewesen, mehr zu zahlen.
»In Lire«, wiederholte der Mann. »Und Sie übernehmen die Ware ohne vorherige Prüfung. Sie müssen uns vertrauen.«
»Ich vertraue Ihnen«, sagte Benson eifrig.
Zum erstenmal lächelte der Italiener und stellte dabei einen Goldzahn zur Schau. »Aber wir trauen *Ihnen* nicht«, sagte er mit weicher Stimme. »Ich bin nur ein Mittelsmann, *amico*. Das verstehen Sie sicher. Der Eigentümer, den ich vertrete, muß mit der Transaktion ebenfalls einverstanden sein.«
»Na, das müßte doch einfach zu regeln sein.«
»Essen Sie morgen mittag bei Cesare auf dem Vomero-Hügel, zwischen eins und zwei?«
»Allein? Oder darf ich meine Frau mitbringen?«
»Egal. Wir kompromittieren Sie nicht, das verspreche ich Ihnen.«
»Na schön. Und wenn Ihr Eigentümer einverstanden ist?«
»Dann werde ich die Lieferung morgen nachmittag um fünf Uhr durchführen, an der Ecke der Via Morelli und der Via Partenope.«
»Hört sich an, als wäre da viel Verkehr.«
»Um so besser. Wir werden die Ware gut verpacken, das versichere ich Ihnen. Niemand wird darauf achten.«
»Okay«, sagte Benson und schwieg einen Augenblick lang. Dann fuhr er fort: »Sobald Sie mir die Ware ausgehändigt

haben, sind Sie aus dem Schneider. Aber was ist mit mir? Wie kriege ich sie sicher nach Hause?«
Der Italiener zuckte die Achseln. »Sie müssen verstehen, das Objekt ist nicht registriert. Offiziell existiert es nicht. Bleiben Sie eine Weile in Neapel?«
»Das hängt davon ab.«
»Na, Sie sollten auf jeden Fall bis Montag bleiben. Das würde ich Ihnen raten. Montags sind alle Ämter offen. Dann können Sie Vorsorge treffen, daß Ihnen von den amerikanischen Behörden keine Probleme gemacht werden. Dürfte Sie nicht mehr als eine halbe Stunde kosten.«
Der dicke Mann trank einen großen Schluck des trockenen Rotweins, den er sich anscheinend aufgespart hatte, um den Abschluß zu feiern, sollte es dazu kommen. Wieder ließ er seinen Goldzahn aufblitzen. »Zahlung bei Lieferung.« Er gab Benson ein zweitesmal die Hand. »Bitte in Lire. Vergessen Sie das nicht.«
Benson nickte und kehrte ins Hotel zu Anne zurück.
Am nächsten Tag aßen Arthur und Anne weisungsgemäß bei Cesare zu Mittag. Das Restaurant klammerte sich hoch über der Stadt an den Hang. Der Ausblick war noch großartiger als vom Hotelbalkon. Es war ein strahlender, klarer Tag. Arthur redete sich ein, die verschwommenen Umrisse der Sorrentin-Halbinsel am Horizont auszumachen.
Benson sah den dicken Italiener mit dem Borstenhaar nicht, obwohl er sich immer mal wieder umschaute. Aber anscheinend waren er und Anne unauffällig beobachtet und für gut befunden worden. Denn um fünf Uhr des gleichen Nachmittags wartete Benson an der angegebenen Ecke, mit seiner Furcht kämpfend und einen dicken Stapel Lire-Noten in der rechten Manteltasche umklammernd – und sah zur vereinbarten Zeit den dicken, rotgesichtigen Italiener aus dem Café Mazzini über die Kreuzung kommen. Nonchalant bewegte er sich durch den dichten Fußgänger- und Autoverkehr. Unter

dem Arm hielt er ein geflochtenes Gebilde, das wie ein kleiner Wäschekorb aussah.
Wortlos trat Benson dem Mann in den Weg und reichte ihm das Bündel Geld. Höflich nahm der Italiener die Lire entgegen. Er zählte nicht nach, sondern ließ die Scheine sofort in einer Tasche verschwinden. Dann reichte er Benson den Korb und schlenderte fort. Im Weggehen schaute er noch einmal über die Schulter zurück, kniff ein Auge zusammen und murmelte verschwörerisch: *»Va bene, Signor. Mille grazie!«*
Zehn Minuten später stellte Benson den Korb auf das Bett seiner Frau im Excelsior-Zimmer. Ungeschickt begann er, den Deckel aufzuknoten. Anne beobachtete ihn mit äußerster Konzentration. Nach einer Weile ertrug sie sein Herumfummeln nicht mehr. »Beeil dich, Arthur, mach schnell!«
Arthur löste den Deckel. Als er ihn fortgelegt hatte, sahen die Bensons das Schmuggelgut vor sich liegen, das sie in die Vereinigten Staaten zu bringen gedachten.
Ein wunderhübsches italienisches Baby blickte sie aus großen Augen an.
Obwohl keiner der legalen Adoptionswege zum Ziel geführt hatte, besaßen die Bensons jetzt ein Kind. Nie wieder würde man sie, wie es zu Anfang öfter geschehen war, wegen eines unzureichenden Einkommens als Adoptiveltern ablehnen. Und nie wieder würden sie, wie häufig in jüngster Zeit, trotz ihres großen Reichtums von den Adoptionsbehörden als zu alt eingestuft werden, um noch für ein Neugeborenes zu sorgen.
Nie wieder. Gleich Montag früh würden sie das Kind beim amerikanischen Konsulat in Neapel als Arthur Benson Jr. anmelden, einen neuen amerikanischen Staatsbürger, geboren während eines einjährigen Auslandsaufenthalts seiner Eltern Anne und Arthur Benson aus Davenport in Iowa.
Der Säugling gurgelte auf bezaubernde Weise, und seine neuen Eltern lächelten.

Charleys Talisman

ALICE-MARY SCHNIRRING

Charley war deprimiert – sehr deprimiert. Charleys Nachnamen möchte ich lieber verschweigen; Sie werden später einsehen, warum es nicht ratsam ist, ihn zu nennen. Vor allem sein Chef könnte dadurch in große Verlegenheit kommen.

Charley war und ist Vertreter, heute einer der besten in der Branche; doch vor etwa einem Jahr gab es eine Zeit, da es Charley ziemlich dreckig ging und er sich damit begnügen mußte, seine Hosen unter der Matratze des Pensionszimmers zu bügeln, das er bewohnte, billig ›chinesisch‹ zu essen und, wenn überhaupt, seine Zerstreuung in 25-Cent-Kinos zu suchen. Vertreter auf Provisionsbasis war Charley, und die Hersteller hatten es sich gemeinerweise angewöhnt, Provisionen nur auf tatsächlich ausgelieferte Sendungen zu zahlen. Und damit eine Bestellung hinausgehen konnte, mußte der Vertreter sie erst an Land ziehen, und Charley . . . na, verstehen Sie, worauf ich hinaus will?

Aus Gründen, die erst später offenbar werden, soll auch das Produkt verschwiegen werden, mit dem Charley sich plagte. Schon allein deswegen, weil es heute überall im Land bekannt ist. Nennen wir es einen patentierten Flaschenöffner; das kommt der Wahrheit ziemlich nahe. In der Branche nannte man so etwas einen guten Geschenkartikel, doch Charley war es bisher nicht gelungen, die Einkäufer davon zu überzeugen – zumindest nicht viele.

An dem Tag, an dem meine Geschichte beginnt, hatte er gerade mindestens den fünften Besuch bei Mr. Nieuwelpost hinter sich, Haushaltswareneinkäufer für das McCord-Warenhaus, eine wirklich harte Nuß für jeden Vertreter. Noch dazu eine Nuß, die Charley für einen Wurm hielt – und dieser Wurm, der gerade achtkantig an die Luft gesetzt worden war mit dem Ruf, nur ja nie wiederzukommen, schlich die Fünfte Avenue entlang und war, wie gesagt, deprimiert.

Er schritt langsam aus, den Blick zu Boden gerichtet, die Hände in die Hosentaschen gesteckt, die Schultern herabhängend – weit entfernt von dem Idealbild jenes forschen, gut gekleideten jungen Mannes mit federndem Schritt und leuchtendem Blick, das die Fabrikanten gern bei ihren Kunden auftauchen sehen. Nein, Charley glich eher den Typen, die solche Posten in Wirklichkeit übernahmen.

Gemurmel kam über Charleys Lippen, Wortfetzen, die einige schüchterne Passanten veranlaßten, ihn verstört anzublicken und einen großen Bogen um ihn zu machen, obwohl das bei dem Verkehr auf der Fünften Avenue gar nicht immer ungefährlich war. Er überquerte die 39. Straße und stieß beim Erreichen des Bürgersteigs mit der Fußspitze gegen etwas Metallenes. Eine Münze? Er stieß zu wie ein Falke, schnappte sich den Fund und mußte feststellen, daß das Gebilde zwar wie eine Münze aussah, ihm in Amerika aber nichts nützen würde. Die Metallscheibe wies Zeichen auf, die wie arabische Buchstaben aussahen, und war zu groß, um in die Drehkreuze der U-Bahn zu passen. Trotzdem steckte Charley seinen Fund in die Tasche. Vielleicht ließ sich damit eine Telefonzelle überlisten.

Mürrisch grummelnd setzte er seinen Weg fort, und seine Wut steigerte sich immer mehr. An der 42. Straße entlud sich sein Zorn in einer klaren, wenn auch sehr unschönen kleinen Rede. »Der alte Mistkerl!« sagte Charley leidenschaftlich. »Der kann von mir aus in den See springen, jawohl!«

Die Worte ließen ihn an den Central Park denken. Es war ein schöner Nachmittag, in der Luft lag der satte Duft eines typi-

schen New Yorker Septembers, und welchen besseren Ort gab es für einen aufgebrachten Handelsvertreter, seine Zeit herumzubringen? Der Park kostete keinen Eintritt.
So wanderte Charley bis zur 59. Straße, betrat den Park, ging hinab zum See und schaute zu, wie die Kinder Enten fütterten. Es war ein anheimelndes, beruhigendes Bild – das etwa eine halbe Stunde lang so blieb. Dann vernahm Charley heiseres Geschrei, das aus der Ferne herübertönte und immer näher kam. Dann das Getrappel von Füßen, von vielen Füßen – diese Laute drangen in die eben noch so ruhige Szene ein, und urplötzlich erschien zu Charleys Entsetzen, Unglauben und Bestürzung eine einzelne Gestalt, gefolgt von einer bunten Menge von Polizisten, kleinen Kindern und Ballonverkäufern. Die einzelne Gestalt war bestens in Form und kaum außer Atem, wenn man bedachte, welche Strecke sie schon zurückgelegt hatte. Charley kannte die Strecke, denn der entschlossene Leichtathlet war niemand anderes als die harte Nuß, an die er vorhin geraten war: Mr. Nieuwelpost.
Charleys erste vage Vermutung lief darauf hinaus, daß Mr. Nieuwelpost, von seinen wiederholten Besuchen verärgert, irgendwie durchgedreht war und ihn jetzt um jeden Preis vernichten wollte – und instinktiv sprang er auf, um sich zu verstecken. Dabei geriet er dem Einkäufer in den Weg. Nieuwelpost jedoch ignorierte ihn, außer daß er ihn mit einer Kraft zur Seite schob, die erstaunlich war für einen Mann, der hauptsächlich hinter dem Schreibtisch saß. Dann setzte er seinen Weg fort – der nicht mehr lang war.
Noch während Charley sich wieder aufrappelte, sprang Mr. Nieuwelpost, den Kopf erhoben, die Ellenbogen angewinkelt, einen vorzüglichen Sprungstil entwickelnd – energisch in den See.
Charley blieb nicht in der Nähe, um Fragen zu stellen; zu Mr. Nieuwelposts Schande erledigten das statt dessen mehrere Reporter. (Seine einzige Erklärung zu dem Fall, die er *nicht*

gegenüber der Presse, sondern vor einem hastig konsultierten Psychiater abgab, besagte, daß er während eines Gesprächs mit einem Vertreter für Küchengeschirr plötzlich den unerklärlichen Drang verspürt hatte, in den Central Park zu laufen und sich in den See zu stürzen. Der Psychiater empfahl einen totalen Ortswechsel, und Mr. Nieuwelpost kehrte später leicht reformiert zu McCord zurück.)

Nein, Charley entfernte sich so schnell er konnte vom Schauplatz des Geschehens, wobei er wie ein Verrückter lachte.

Die Szene hatte ihn sogar dermaßen beflügelt, daß er sich zu einem weiteren Besuch entschloß. »Wenn ich in *der* Stimmung nichts verkaufe«, murmelte Charley vor sich hin, »kann ich genausogut gleich den Beruf aufgeben. Ich gehe zu – mal sehen – Hanneman von R. D. Swift & Co., jawohl! Und ich wette, ich kann ihm mindestens ein Gros verkaufen, vielleicht auch zwei!«

R. D. Swift war der größte Laden in der Stadt, und Hanneman war – und ist – unter den Einkäufern ein großes Tier, bei dem man nur auf Termin landen kann, und dann auch nicht oft oder für lange Zeit. Charley hatte natürlich keinen Termin. Nie gab ihm jemand einen Termin. Zur Abwechslung jedoch machte ihm das nichts aus.

Er marschierte ins Vorzimmer, vorbei an den Stühlen mit den darauf sitzenden geduldigen Vertretern, und hielt auf Hannemans Tür zu. Das Vorzimmermädchen sprang mit ersticktem Schrei auf.

»Sie können da doch nicht *rein*!« rief sie unwirsch, als er bereits den Türknauf drehte. »Ohne vorherige Terminabsprache wird Mr. Hanneman Sie nicht empfangen!«

»Oh, mich empfängt er schon«, sagte Charley zuversichtlich, und im gleichen Moment öffnete sich die Tür, und das Große Tier stand auf der Schwelle und sah Charley an. »Ich empfange Sie«, sagte das Große Tier freundlich, und während sich im Vorzimmer ein Schweigen ausbreitete, das der Stille über

Pompeji nach dem Ausbruch des Vesuvs ähnelte, marschierte Charley in das Heiligtum und schloß die Tür fest hinter sich.
»Mr. Hanneman«, sagte Charley, dessen Laune noch immer ungewöhnlich beschwingt war, »ich bin seit einiger Zeit der Ansicht, daß Sie den kleinen Dandy-Dosenöffner ins Programm nehmen sollten. Ich bin gekommen, um Ihre Probebestellung entgegenzunehmen.«
Obwohl Mr. Hanneman mit den Sinnen ganz beieinander zu sein schien, fiel seine Reaktion völlig sinnlos aus, denn auf Charleys blutarmen und wenig überzeugenden kleinen Werbespruch antwortete er sofort: »Aber ja doch! Ich dachte an ein Gros, vielleicht zwei!«
»Genau das hatte ich auch im Sinn!« erwiderte Charley, und etwa in diesem Augenblick fanden sich die Puzzleteile vor seinem inneren Auge zu einem Bild zusammen: alle Teile bis auf das Wichtigste: Warum? (Sie und ich wissen, daß es an der Münze lag, die er eingesteckt hatte. Charley aber wußte das – noch – nicht.) Vorsichtig experimentierend, fragte er, von innerer Erregung gepackt: »Wie wär's mit drei Gros?«
Hanneman erwiderte nachdrücklich: »Auf keinen Fall!«
»Eigentlich *müßten* Sie drei Gros haben«, sagte Charley, mehr um das Gesicht zu wahren, als um überhaupt etwas zu antworten.
»Ja, da haben Sie recht, wahrlich«, sagte Hanneman prompt. »Notieren Sie drei.«
Und so begann Charley herauszufinden, wie der Talisman wirkte: Eine direkte Äußerung kam in Frage, ein direkter Wunsch nicht. So nützte es beispielsweise nichts, zu sagen: »Ich wünschte, Sowieso würde dies-und-das tun.« Nein, wie bei Nieuwelpost mußte es heißen: »Von mir aus kann er in den See springen!«
Na, jedenfalls verließ Charley Hannemans Büro mit einer unterschriebenen Bestellung über drei Gros des kleinen Dandy-Dosenöffners und schickte sie an die Firma. Entge-

gengenommen wurde sie von einem überraschten Verkaufsdirektor, der Charley schon vor langer Zeit aufgegeben hatte, weil er ihn für einen mongoloiden Dummkopf hielt. Die Dosenöffner kamen zum Versand.

Hanneman versuchte nicht, die Bestellung rückgängig zu machen, obwohl sein Warenverwalter fragend die Augen hob; statt dessen blieb er beharrlich bei seiner Entscheidung. »Ich habe wegen dieser Dinger so eine Ahnung. Ich meine, wir *sollten* sie führen. Denken Sie an meine Worte – wir haben da was in der Hand.«

Der Warenverwalter brummte wenig überzeugt vor sich hin, daß man da in der Tat etwas hätte – nämlich drei Gros eines Artikels, der ihm recht unverkäuflich erschien, was sich spätestens bei der nächsten Inventur erweisen würde. Zu seiner freudigen Überraschung begannen sich die dummen Dinger aber tatsächlich zu verkaufen, und zwar so gut, daß Hanneman telegrafisch weitere fünf Gros nachbestellen mußte; aber das ist für unsere Geschichte nicht mehr wichtig.

Am gleichen Abend überdachte Charley die Ereignisse des Tages und fühlte Erregung in sich aufsteigen. Mit staunendem Entzücken erinnerte er sich an die forsche Direktorengestalt Mr. Nieuwelposts, der entschlossen in den See des Central Parks hüpfte. *He!* sagte er sich frohgemut: *Den miesen Kerl habe ich doch in der Hand! Morgen besuche ich ihn und lasse ihn kleine Brötchen backen – und er darf für den Anfang zehn Gros Dosenöffner bei mir bestellen. Ich möchte mein Glück nicht zu sehr strapazieren,* setzte Charley bescheiden hinzu.

Und am nächsten Vormittag erschien Charley in seinem besten Anzug (den er sich für den Tag aufgehoben hatte, da ein Einkäufer mal seine Einladung zum Mittagessen annehmen würde, was bisher noch niemand getan hatte – zum Glück für ihn, der im Augenblick gar nicht gut bei Kasse war) und marschierte energisch auf Mr. Nieuwelposts Tür zu. Wie schon in Hannemans Büro ließ er die anderen Vertreter links

liegen, und das Empfangsmädchen japste: »Das geht nicht!« Wie schon einmal sagte Charley selbstbewußt: »Er wird mich empfangen!« Und wie schon einmal öffnete sich die Tür und gab den Blick frei auf Mr. Nieuwelpost.
»Raus hier!« forderte Mr. Nieuwelpost.
Verblüfft wich Charley zurück, als der Einkäufer drohend vortrat.
»Ich hab' *versucht*, ihn fernzuhalten«, sagte das Empfangsmädchen beinahe unter Tränen, »aber er wollte nicht gehen!«
»Der geht bestimmt«, fauchte Mr. Nieuwelpost. »Er wird so schnell von hier verschwinden, daß er wie Halleys Komet aussieht, und wenn er erst wiederkommt, wenn auch Halleys Komet wieder am Himmel erwartet wird, soll's mir nur recht sein!«
Charley ging.
Als er am Abend sein knappes Wechselgeld aus der Tasche nahm, worauf fiel sein Blick? Auf den Talisman. Er hatte den ganzen Tag auf der zerkratzten alten Eichenkommode gelegen. Den ganzen Tag! In Charleys Kopf begann ein Glöckchen zu läuten.
Er nahm die Münze in die Hand, überlegte einen Augenblick lang angestrengt und sagte dann: »Auf der Kommode liegt ein Zehndollarschein!« Er blickte auf die Kommode, aber dort zeigte sich nichts. »Zum Teufel damit!« sagte Charley und warf die Münze in den Papierkorb.
Dann kam ihm ein Gedanke, und er holte das Stück wieder heraus. »Mr. Fineman«, sagte Charley langsam und deutlich, »wird in . . . in dreißig Sekunden heraufkommen und mir einen Zehndollarschein geben.«
Mr. Fineman war Charleys Hauswirt, ein Herr reiferen Alters, der aber noch so unangenehm barsch war wie in seinen besten Jahren.
Dreißig Sekunden lang wartete Charley mit klopfendem Herzen. Zumindest nahm er an, daß es sein Herz war; als dann

aber die Tür aufsprang, erkannte er, daß das Dröhnen von Mr. Finemans Füßen stammte, der die Treppe heraufgehastet war. Der arme Bursche hatte wie verrückt aus dem Keller heraufstürmen müssen, angetrieben von dem Zeitlimit der dreißig Sekunden. Und als er dann Charleys Zimmer erreichte (zweites Stockwerk nach hinten hinaus, mit einem unverbauten Blick auf eine Müllkippe), war er dermaßen außer Atem, daß er kaum noch sprechen konnte. »Mister – hier die zehn Dollar, die ich Ihnen schulde.«

»Vielen Dank, Mr. Fineman«, sagte Charley würdevoll, gleichermaßen erfreut über die zehn Dollar wie über die Bestätigung seiner Theorie. »Gute Nacht. Und seien Sie vorsichtig, wenn Sie die Treppe hinabgehen.«

Also, als er nun heraus hatte, daß das Amulett erstens nur auf direkte Äußerung, zweitens nur auf Menschen und ihre Handlungen und drittens nicht auf unbelebte Gegenstände wirkte, wie sehr man sie sich auch wünschte, war für Charley der weitere Weg vorgezeichnet.

Und er beschritt ihn unbefangen – was aber keine Entschuldigung für den Streich ist, den er Mr. Watt, dem Präsidenten der Dandy-Dosenöffner-Firma, spielte (und vergessen Sie nicht, daß das nicht sein richtiger Name ist).

Längst war Charley zum Starvertreter des kleinen Dandy geworden. Am Tag nach seiner großen Entdeckung tauchte er schon wieder bei McCord auf; aber verweilte er auf der Trauerbank bei den anderen Vertretern? Nein, er zögerte nicht. Wieder marschierte er selbstbewußt zur Bürotür, wieder schrie das Empfangsmädchen ihren Protest hinaus, und wieder sagte er, diesmal aber mit ruhiger Überzeugung: »Nieuwelpost wird mich empfangen.« (Beachten Sie, er sagte nicht *Mr.* Nieuwelpost.)

Diesmal ging die Tür auf, und Nieuwelpost begrüßte Charley beinahe zu Tränen gerührt vor Zuneigung. Charley trat ein, schloß die Tür und sagte: »Nieuwelpost, Sie brauchen fünfzehn Gros des kleinen Dandy«, und Nieuwelpost sagte – aber Sie wissen schon, was Nieuwelpost sagte.

Na, das war natürlich erst der Anfang. Es kam der Augenblick – und bedenken Sie, daß der Erfolg allein auf Charley zurückging, obwohl der Dosenöffner ein gutes Produkt sein mußte, sonst hätte er sich nicht beim Kunden durchgesetzt – jedenfalls kam Mr. Watt schließlich zur Überzeugung, daß Charley zuviel an einer Ware verdiente, die inzwischen zum »Bedarfsartikel« geworden war, wie es in der Branche hieß. Mr. Watt traf also eine Entscheidung, die sich als schrecklicher Fehler erweisen sollte. Er wandelte McCord, R. W. Swift & Co. und ein halbes Dutzend anderer großer Warenhäuser in Hauskunden um.

Dabei handelt es sich um Kunden, bei denen für den freien Vertreter keine Provision anfällt, das »Haus«, die Firma, verkauft direkt und behält die zehn Prozent für sich.

Als Charley den Brief mit dieser Nachricht erhielt, war er zornig. Er zog los und betrank sich. Nein, das kann ich Charley nicht verdenken. Was ich ihm aber übelnehme . . .

Er war nicht allein. Stets auf Gesellschaft bedacht, nahm er einen Einkäufer mit; es war sogar Mr. Hanneman, das Große Tier persönlich. (*Das* zeigt doch wahrlich, wie weit Charley es gebracht hatte.) Charley war betrunken, gewiß, doch nicht so sehr von Sinnen, daß er nicht mehr wußte, was er sagte – damit kann er sich also nicht entschuldigen.

Bei seinem achten (und wir wollen keinen schiefen Eindruck entstehen lassen: das Große Tier hatte mitgehalten) Bourbon-Whisky streckte Charley den Unterkiefer vor.

»Dieser Watt!« verkündete er aufgebracht. »Dieser miese Spießer! Wissen Sie was?« fragte er, beugte sich zu Hanneman hinüber und fuchtelte zornig mit dem Finger unter Hannemans leicht angeröteter Nase herum. »Wissen Sie, was er mit seinem kleinen Dandy-Dosenöffner machen kann? Er kann ihn sich in den . . .«

Ich will nichts weiter dazu sagen. Charleys Verhalten ist wirklich unentschuldbar. Die Sache liegt jetzt knapp eine Woche zurück, und heute las ich in einer Fachzeitschrift:

PERSÖNLICHES
AUS DEM SEKTOR HAUSHALTSWAREN

Mr. W. Watt, Präsident der Firma Dandy-Dosenöffner, macht angeblich gute Fortschritte bei der Genesung von der Erkrankung, wegen der er letzte Woche ins Samariterkrankenhaus eingeliefert wurde. Über die Art und Weise des vorgenommenen Eingriffs war keine Stellungnahme zu erhalten.

Mord vor Ladenschluß

ELIJAH ELLIS

Der Mann, der beschuldigt wurde, den Raub verübt zu haben, schien von allen Anwesenden im Sheriffsbüro der ruhigste zu sein. Ein kleinwüchsiger, schmaler Mann mittleren Alters mit einem grauen Haarschopf, der ihn irgendwie kopflastig machte. In seinen blassen Augen schien so etwas wie ein amüsiertes Funkeln zu stehen, während er hin und her blickte – von den Zeugen zu Sheriff Ed Carson und zu mir. Die beiden Deputies, die sich im Hintergrund hielten, ignorierte er.

Ed Carson saß hinter seinem Schreibtisch und sah die Notizen durch, die er während der Aussage der beiden Zeugen – eines Mannes namens Jess Harper und seiner Frau Selena – gemacht hatte.

»Mal sehen, ob wir das jetzt richtig mitbekommen haben«, sagte der Sheriff. »Dieser Bursche kam in Ihren Laden am West Highway – um acht Uhr, also vor etwa einer halben Stunde. Und . . .«

»Wußte sofort, wer er war«, unterbrach ihn Jess Harper. Er war ein rundlicher Mann und halb verborgen im Rauch der Zigarre, an der er energisch zog. »Erkannte ihn nach der Beschreibung, die in allen Zeitungen stand.«

»Aha«, sagte Carson. »Also. Im Laden waren in dem Moment keine Kunden. Der Bursche marschierte also geradewegs auf Sie zu, Jess, und zog eine Kanone. Forderte Sie auf, ihm das Geld aus der Kasse zu geben.«

»Ja. Ich ging natürlich darauf ein, wobei ich auf eine passende Gelegenheit wartete«, knurrte Harper. Er schob die Zigarre aus einem Mundwinkel in den anderen und musterte den Gefangenen streng. »Ich ging zur Kasse und tat dabei, als machte ich mir in die Hosen. Er folgte mir. Er hielt die Waffe tief und versteckte sie halb unter seinem Mantel, doch sie war auf mich gerichtet.«

Der Sheriff wartete geduldig, bis Harper seinen Spruch aufgesagt hatte. Dann sagte er: »Ich verstehe. Schön. Sie nahmen Geld aus der Kasse und begannen es ihm zu geben. In diesem Augenblick kam Ihre Frau aus dem Lager und schrie los. Der Räuber wandte sich zu ihr um . . .«

»Und da packte ich ihn«, sagte Harper gelassen. »Ich schlug ihm die Waffe aus der Hand und warf ihn zu Boden. Sagte ihm, wenn er nur einen Muskel rührte, würde ich ihn zertreten.«

Der Gefangene, der auf einem Stuhl an der Wand saß, links und rechts von einem Deputy flankiert, bewegte sich unruhig hin und her. Da ihm die oberen Schneidezähne fehlten, lispelte er sehr, als er sagte: »Ein richtig harter Bursche ist Mr. Harper.«

Es trat ein kurzes Schweigen ein. Dann warf Ed Carson Selena Harper einen Blick zu. Sie war eine dünne Frau mit hängenden Schultern. Sie trug eine randlose Brille, die ihr immer wieder über die Nase rutschte. Ihr Blick ließ den Ehemann nur selten los.

»War es etwa so, Mrs. Harper?« fragte Carson. »Ist das in Ihrem Laden so passiert?«

Sie nickte verschüchtert. »Jawohl, Sir. Kaum hatte Jess den Mann auf dem Boden, da sagte er mir, ich sollte bei der Polizei anrufen.«

Es waren noch einige unwichtige Einzelheiten zu klären, dann ließ der Sheriff die Harpers nach Hause gehen. Jess Harper war dazu mehr als bereit.

»Noch gut 'ne Stunde bis Ladenschluß«, sagte er und marschierte, eine dichte Rauchwolke hinterlassend, zur Flurtür.

»Außerdem haben wir Sonnabend, der beste Abend der Woche. Komm, Selena.«
Seine Frau stapfte hinter ihm her. An der Tür blieb sie stehen, neigte kurz den Kopf in Carsons und meine Richtung, warf einen eiligen Blick auf den Gefangenen und folgte ihrem Mann aus dem Büro.
Der Gefangene, der seinen Namen mit Roy Falk angegeben hatte, sagte leise: »In Wahrheit war es die Frau, falls das noch einen Unterschied macht. Sie schlich sich von hinten an und begann, mit einem Besen nach mir zu schlagen. Bis zu dem Augenblick war das Großmaul grün vor Angst. Erst als sie mir die Kanone aus der Hand schlug, warf er sich auf mich.«
Ich schaute zu, wie Falk die Hände mit den Fesseln zum Gesicht führte und sich den Schweiß abwischte. Es war ein Sonnabend, und der uralte Deckenventilator kam gegen die feuchte Hitze kaum an. Schwer vorstellbar, daß dieser liebenswürdig wirkende kleine Mann in den letzten beiden Monaten gut ein Dutzend bewaffneter Raubüberfälle verübt hatte – aber es war die Wahrheit. Kein Zweifel – er war der Gesuchte.
Er erwiderte meinen Blick aus blaßblauen Augen, zeigte mir lächelnd seine Zahnlücken und sagte: »Da Sie der hiesige Staatsanwalt sind, Mr. Gates, werden Sie mich vermutlich vor den Kadi bringen. Aber was soll so ein Prozeß? Ich glaube, ich lasse das Ganze. Wenn eine hagere alte Frau mich fertigmachen kann, wird's Zeit, das Handtuch zu werfen.«
»Ich würde nur zu gern wissen«, sagte Sheriff Ed Carson, »wie Sie uns so lange entwischen konnten. Wie sind Sie nach den Überfällen untergetaucht?«
Anstelle einer Antwort hob Falk die Hände an den Kopf und zog sich an den Haaren. Der buschige Schopf rutschte herab und entpuppte sich als Perücke. Wir sahen, daß der Kopf des Mannes absolut kahl war, bis auf einen dünnen Rest von Haaren über den Ohren. Er warf Carson die Perücke auf den

Tisch, dann griff er in die Brusttasche seiner Jeansjacke und zog einen kleinen Gegenstand heraus, den er sich in den Mund steckte. Er lächelte breit – und hatte jetzt seine Schneidezähne wieder. Er sah völlig anders aus – und doch irgendwie vertraut.

»Aber ja doch«, sagte er nickend. »Sie alle kennen mich. Tagsüber arbeite ich als Bratkoch drüben im Gerichtscafé auf der Südseite des Platzes.« Er lachte leise. »Sheriff, Ihnen und Mr. Gates habe ich schon so manchen Hamburger zum Mittagessen gemacht.«

Carson ächzte.

Deputy Buck Mullins lachte laut auf, und sein Kollege fiel ein. »Oh, oh, wenn die Zeitung davon Wind bekommt!« keuchte Mullins. »Das wird ein Fest!«

Ich erschauderte innerlich. Der Herausgeber und Chefredakteur unserer örtlichen *Gazette* war Carson und mir alles andere als freundschaftlich gesonnen. Ich wagte mir nicht vorzustellen, was er aus dieser Geschichte machen würde.

Wir verhörten Falk noch eine Zeitlang. Bereitwillig gab er die ihm zur Last gelegten Verbrechen zu und nannte uns als Dreingabe noch einige bisher nicht bekannte Überfälle auf Tankstellen im benachbarten Bezirk.

Schließlich hob der Sheriff ergeben die Hände. »Buck, bringen Sie ihn ins Gefängnis hinüber. Wir reden morgen früh weiter.«

Freundschaftlich nickend verließ Falk den Raum, gefolgt von dem breitschultrigen Deputy.

Ich seufzte. »Was für eine Enttäuschung – eine kleine graue Maus!«

Carson knabberte an den Borsten seines braungrauen Schnurrbarts. »Ich weiß nicht recht, Lon. Bis heute abend hat er sich ziemlich gut gehalten. Ich wüßte nur zu gern . . .«

Das Telefon klingelte. Carson nickte, und sein zweiter Deputy Jack Avery ging an einen anderen Schreibtisch, um

das Gespräch entgegenzunehmen. Soweit wir aus seinen Worten schließen konnten, beschwerte sich jemand über einen bellenden Hund.
Ich schaute auf die Uhr. Es war noch nicht mal Viertel vor neun, Zeit genug, meine Frau noch auf einen Drink auszuführen. Ich stand auf.
»Eins ist klar«, sagte ich. »Der kleine Bursche hat mehr Mumm als so manches Großmaul – in dem Café da drüben zu arbeiten, keine zweihundert Meter von hier!«
Der Sheriff setzte ein schiefes Lächeln auf. »Na ja. Bis morgen dann.«
Draußen im Flur dröhnten Schritte auf, und schon torkelte Buck Mullins durch die offene Bürotür. Er rieb sich die Seite des Halses.
»Sheriff!« dröhnte er. »Der Kerl ist ausgerückt!«
Sekundenlang meinte ich, der großgewachsene, muskulöse Beamte wollte uns auf den Arm nehmen. Dann senkte er die Hand. Ich sah die purpurne Schwellung dicht unter seinem rechten Ohr, die Tränen in seinen Augen – und die leere Pistolenhalfter, die nutzlos an seinem Gürtel baumelte.
Carson sprang auf. »Was war los?«
»Wir gingen über den Parkplatz zum Gefängnis«, sagte Mullins mühsam. »Etwa in der Mitte zeigte er plötzlich zur Straße und fragte: ›Wer ist denn das?‹ Ich – ich schaute rüber. Und als ich wieder einen klaren Gedanken fassen kann, liege ich flach auf dem Rücken. Er hat mir eins mit den Handschellen verpaßt. Dann schnappte er sich meine Kanone und zischte ab.«
»Welche Richtung?«
Mullins schüttelte bedrückt den Kopf. »Keine Ahnung. Ich war nicht bewußtlos, aber ich fühlte mich eine Minute wie gelähmt. Ich konnt' ihn rennen hören, weiß aber nicht, wohin.«
Carson verschaffte sich mit einigen deutlichen Schimpfworten

Luft. »Mein Fehler«, sagte er schließlich. »Ich sitze hier und lasse mich von ihm hinters Licht führen wie . . .«
»Er hat uns alle getäuscht«, schaltete ich mich ein. »Aber es ist erst wenige Minuten her, daß Buck ihn abgeführt hat. Er kann noch nicht weit sein.«
Während Carson hastig die Stadtpolizei von Monroe von der Flucht des Räubers verständigte, öffnete Deputy Avery den Waffenschrank und teilte an Buck Mullins und mich Schrotgewehre aus.
Zu viert verließen wir das Büro, liefen durch den widerhallenden Erdgeschoßkorridor und verließen das Gerichtsgebäude durch die Hintertür. Eine Auffahrt teilte den Platz. Unmittelbar dahinter befand sich der Parkplatz, ein kiesbestreutes Rechteck, das an beiden Seiten von hohen Hecken gesäumt war. Das doppelgeschossige Backsteingefängnis erhob sich etwa hundert Meter weit entfernt am anderen Ende.
»Denken Sie dran, er hat eine Waffe«, sagte Carson. Dann trennten wir uns – jeder nahm sich eine Ecke des Platzes vor. Es war eine dunkle, bewölkte, böige Nacht, und in der Ferne zuckten ab und zu Blitze auf. Die Bäume, die hier und dort auf dem weiten Rasen standen, bewegten sich im Wind. Als ich die Ecke erreichte, war ich am ganzen Körper in Schweiß gebadet, und meine Hand schmerzte, so verkrampft hielt ich die kurzläufige Schrotflinte. Und Roy Falk war von einem kahlköpfigen, bedeutungslosen kleinen Niemand zu einem drei Meter großen Riesen angewachsen.
An der Ecke – einer gut beleuchteten Straßenkreuzung – blieb ich stehen und betrachtete den lebhaften Sonnabend-Verkehr und die zahlreichen Passanten insbesondere auf der anderen Seite, wo etliche Läden geöffnet hatten. Ich stellte das Gewehr an einen Baum und zündete mir eine Zigarette an. Ich hatte sie dringend nötig.
Ein Streifenwagen der Stadtpolizei raste vorbei. Mit quietschenden Reifen bremste er ab und setzte zurück. Der Such-

scheinwerfer traf mich ins Gesicht. Eine Stimme aus dem Wagen knurrte: »He, das ist ja unser Bezirksstaatsanwalt!« Die Stimme wurde lauter: »Haben Sie ihn schon gesehen, Mr. Gates?«
Ich schüttelte den Kopf.
»Na, weit kann er noch nicht sein – nicht mit den hinderlichen Handschellen!«
Ich stimmte ihm zu, und der Wagen tauchte im Verkehr unter. Falk mochte Handschellen tragen, doch sie würden ihn kaum beim Abfeuern einer Waffe behindern. Ich konnte nur hoffen, daß wir ihn erwischten, ehe er auf jemanden schoß. Besonders wenn dieser Jemand meine Wenigkeit war.
Ich brachte die Schrotflinte an mich und marschierte über den Rasen zurück zur dunklen Masse des Gerichtsgebäudes. Das Büro des Sheriffs war leer, doch gleich darauf trat Carson ein. Er hatte auch kein Glück gehabt. Die beiden Deputies sahen sich noch auf dem Platz um.
Carson ging ans Telefon. Die Stadtpolizei hatte auch nichts zu vermelden. Ebensowenig der örtliche Posten der Autobahnpolizei, der sich in die Suche eingeschaltet hatte.
Schließlich legte Carson auf und seufzte. Er ballte die kräftige Faust, betrachtete sie nachdenklich und knallte sie auf den Tisch.
»Ja«, sagte ich. »Ich bin hundertprozentig Ihrer Meinung.«
Es war neun Uhr. Falk war seit ungefähr einer Viertelstunde wieder auf freiem Fuß. Wir mußten ihn schnellstens einfangen. Wie weit kam man in einem belebten Stadtzentrum mit Handschellen?
Das war der einzige kleine Punkt, der zu unseren Gunsten sprach – Falk hatte Buck Mullins zwar, nachdem er ihn niedergeschlagen hatte, durchsucht, die Schlüssel zu den Handschellen aber nicht gefunden. Buck bewahrte den Schlüssel im Schweißband seiner Dienstmütze auf.
Das Telefon klingelte, und Carson schnappte sich den Hörer.

Sein erwartungsvolles Gesicht überzog sich mit jähem Zorn. »Nein!« fauchte er. »Ich habe dazu nichts zu sagen – absolut nichts. Was? Ja, ich bin sicher, Ihnen wird schon was einfallen. Schaffen Sie doch immer.« Er knallte den Hörer auf die Gabel.
»Jeremiah Walton?« fragte ich.
»Natürlich«, antwortete er. »Förmlich außer sich vor Freude.«
»Wenigstens kann er uns das Messer erst Montag früh in den Rücken rammen«, sagte ich. »Seine Zeitung hat keine Sonntagsausgabe.«
Carson verzog das Gesicht. »Sie vergessen, daß Walton jetzt auch die hiesige Rundfunkstation gehört. Jede Wette, daß er alle zehn Minuten über den Fall berichten läßt.«
Ich hatte angenommen, daß sich meine Stimmung nicht noch verschlechtern könnte – aber so geschah es, und als wir halb zehn durch hatten, fühlte ich mich noch mieser. Meine Frau rief an. Sie hatte die Meldung im Radio gehört. Ich versprach ihr, mich nicht umzubringen, ohne ihr vorher Bescheid zu sagen.
Es kamen noch andere Anrufe, die aber nur eine Schlußfolgerung zuließen: Roy Falk hatte sich wieder mal unsichtbar gemacht. Und es gab keine Hinweise darauf, wie er untergetaucht war oder was er im Schilde führen mochte.
»Ich kann mir das nur so erklären, daß er irgendwo draußen am Platz einen Wagen gefunden hat, in dem die Schlüssel steckten«, sagte ich. »Damit ist er dann losgebraust. Bestimmt meldet uns bald irgendein unbescholtener Bürger, daß ihm das Auto gestohlen wurde.«
Carson nickte geistesabwesend. »Möglich. Aber Sie können mir glauben, bei diesem aalglatten kleinen Burschen weiß man nie so genau . . .«
Er sprach nicht zu Ende, denn die beiden Deputies traten ein. Buck Mullins sah aus, als würde er am liebsten losbrüllen.

Noch immer rieb er sich die geschwollene Stelle am Hals.
»Keine Spur«, sagte Deputy Avery erschöpft. »Muß sich in Luft aufgelöst haben.«
»Wie mir zumute ist, könnte ich das beinahe glauben«, sagte ich.
Mullins wiederholte meine Vermutung, daß sich Falk irgendwie Räder beschafft hatte, indem er ein geparktes Fahrzeug aufbrach oder einen vorbeifahrenden Wagen anhielt und den oder die Insassen mit der Waffe zwang, ihn schleunigst aus Monroe hinauszuschaffen.
Sein rundliches Gesicht war bleich geworden, als der Deputy aussprach, was uns allen im Kopf herumging: »Wüßte nur zu gern, ob er wirklich schießen würde.«
Niemand wagte darauf eine Antwort – bis fünf Minuten später das Telefon klingelte. Carson ging an den Apparat. Er lauschte und sagte energisch: »Wir sind gleich zur Stelle.« Er legte den Hörer auf und erhob sich.
»Was ist?« fragte ich und starrte ihn an.
Er blickte auf Buck Mullins. »Ja, er würde schießen«, sagte der Sheriff. »Er hat es eben getan – im Laden der Harpers!«
Bis zur Tankstelle mit dem angegliederten Lebensmittelladen der Harpers im westlichen Teil Monroes waren es etwa fünfzehn Minuten. Wir schafften es in weniger als acht.
Selena Harper lehnte an einer Verkaufsvitrine dicht hinter der Eingangstür. Als wir in den Laden stürmten, drehte sie sich um, blinzelte uns unbestimmt an und sagte: »Er . . . dieser Mann . . . war wieder da.«
Jess Harper lag mit dem Gesicht nach unten auf dem Boden zwischen zwei Tresen, die mit Konservendosen vollgestapelt waren. Er lag in einer großen Blutlache. Der Sheriff ging zu ihm, kniete sich hin und hob Harpers Kopf an. Dann stand er hastig wieder auf.
»Mitten in die Stirn«, murmelte er mir zu. »Tot, ehe er den Boden berührte.«

Die Frau war uns gefolgt. Sie wiederholte: »Er kam zurück. Vor kaum einer Minute, so kommt es mir vor. Jess und ich wollten gerade dichtmachen.«
Wir führten die wie erstarrt wirkende Frau zur Seite und ließen sie in einem einfachen Holzstuhl Platz nehmen, den ich hinter einem Ladentisch fand und auf den Gang herauszog. Wir unterhielten uns mit ihr, während Carsons Deputies sich im Laden und auf dem Grundstück umsahen.
»Jess ging gerade zur Tür, um abzuschließen«, sagte sie und starrte auf ihre gichtigen Hände, die sie im Schoß verkrampft hatte. »Wir hatten viel zu tun – wie immer am Sonnabend –, aber dann hörten wir im Radio, daß der Kerl ausgerissen war, und da fand Jess es besser, früh Schluß zu machen. Und urplötzlich war er da und richtete eine Waffe auf Jess und ließ ihn rückwärts gehen. Und als Jess da war, wo er jetzt liegt, hielt ihm der Kerl die Waffe ins Gesicht und schoß. Sagte etwa: ›Du redest zuviel‹ und dann noch so etwas wie: ›Diesmal will ich aber dein Geld mitnehmen.‹ Dann . . . schoß er auf Jess.«
Mir war die Prellung am schmalen Kiefer der Frau aufgefallen, und ich fragte sie: »Sind Sie verletzt?«
Sie blinzelte mich durch ihre Brille an. »Ich? Ach, Sie meinen das?« Sie legte die Finger auf die Stelle. Dann schüttelte sie den Kopf. »Nein, das hab' ich mir geholt, als der Kerl mich zur Seite stieß, nachdem er Jess erschossen hatte. Ich hab' mich am Tresen gestoßen, da drüben an der Registrierkasse.«
»Was geschah dann?« fragte Carson behutsam.
»Na, er machte die Kasse auf und nahm die Scheine heraus. Müssen an die zweihundert Dollar gewesen sein. Er stopfte den Stapel in die Tasche und ging rückwärts zur Tür hinaus. Zielte dabei unentwegt mit der Waffe auf mich. Ich . . . ich hatte . . .«
Sie barg das Gesicht in den Händen. Ihre hageren Schultern zuckten. Über ihren geneigten Kopf hinweg blickte ich Car-

son an. Er wandte sich ab und ging zu Avery, der gerade den Bezirks-Leichenbeschauer von Monroe anrief.
»Mrs. Harper«, sagte ich, »bitte, versuchen Sie uns noch weiter zu helfen. Hatte er einen Wagen?«
Sie nickte, ohne den Kopf zu heben. »Ich hörte ihn hinterher wegfahren. Er fuhr nach Westen, und sehr schnell.«
»Sind Sie sicher, daß es derselbe Mann war? Roy Falk?«
Wieder nickte sie. »Natürlich. Ich erkannte ihn sofort, als er in den Laden kam. Aber warum mußte er Jess erschießen? Vielleicht hat er ja wirklich zuviel geredet und war ein bißchen zu scharf auf jeden Dollar – aber sonst war alles in Ordnung mit Jess.«
Ungeschickt tätschelte ich ihr die Schulter. Carson kehrte zurück, und sein ledriges Gesicht zeigte einen grimmigen Ausdruck.
»Der Arzt kommt, so schnell er kann«, wandte er sich an mich. Er warf einen Blick auf die zarte, schluchzende Frau, dann seufzte er.
Wenige Minuten später traf Doc Johnson mit einem Krankenwagen ein. Er untersuchte die Leiche. Dann winkte er den Sheriff und mich in eine Ecke und sagte: »Zwei Schüsse. Einer in den Hals, der andere in den Kopf. Das Blut stammt überwiegend aus der Halswunde, die andere aber hat ihn das Leben gekostet. Geschoß steckt noch im Schädel. Ich hol's bei der Obduktion heraus.«
Der Arzt bewegte seinen massigen Körper aus dem Laden, um die Leute vom Krankenwagen zu beaufsichtigen, die den Toten auf eine Bahre legten und forttrugen. Mrs. Harper schien davon keine Notiz zu nehmen und hob erst wieder den Kopf, als die Sirene des abfahrenden Wagens durch die Nacht heulte.
Mit steifen Bewegungen stand sie auf. Wie ein Roboter wanderte sie einen Gang hinauf und den nächsten wieder herab und blieb dabei immer wieder stehen, um auf den Regalen

einige Dosen oder Schachteln zurechtzurücken. Offensichtlich stand sie unter Schockeinwirkung. Ich wollte zu ihr gehen, doch Carson legte mir eine Hand auf den Arm.
»Sie können jetzt doch nichts für sie tun«, murmelte er.
Als wir am Tatort fertig waren, wollte sie uns zuerst nicht begleiten. Mit matter Stimme wiederholte sie immer wieder, dies sei ihr Zuhause, sie gedenke hierzubleiben.
Der Sheriff aber ließ nicht locker. »Ich will Ihnen ja keine Angst machen, Mrs. Harper. Aber es wäre denkbar, daß Falk noch einmal zurückkommt. Sie sind immerhin die einzige Zeugin für die Tatsache, daß er Ihren Mann ermordet hat. Verstehen Sie? Kommen Sie bitte mit.«
Sie riß die rotgeränderten Augen auf. »Daran hatte ich noch gar nicht gedacht«, sagte sie heiser. »Na gut, Sheriff.«
Während der Fahrt zum Gerichtsgebäude wurde kaum ein Wort gesprochen. Im Büro des Sheriffs ließ Carson die Frau auf einem Stuhl Platz nehmen und besorgte ihr einen Becher mit Wasser. Ich rechnete noch immer jeden Augenblick damit, daß sie seelisch zusammenbrechen würde. Aber dazu kam es nicht; offensichtlich war sie aus härterem Holz geschnitzt, als man auf den ersten Blick vermuten konnte.
Meldungen trafen in schneller Folge ein. Der ganze Staat suchte inzwischen nach Roy Falk, doch noch immer gab es keine Spur von ihm.
Wir setzten unser Gespräch mit Mrs. Harper fort, und nach einer Weile hatte ich sogar das Gefühl, Carson übertreibe ein wenig mit der Gründlichkeit, mit der er die Frau aushorchte.
Doch plötzlich fügten sich etliche vereinzelte Eindrücke, die sich am Rande meines Bewußtseins gesammelt hatten, zu einem neuen Bild zusammen. Beinahe mußte ich nach Luft schnappen, als ich die Wahrheit erkannte. Aber hier war der Sheriff am Zug, und ich hielt den Mund.
»Ich möchte ganz sicher gehen, daß ich alles richtig verstanden habe«, sagte Carson. »Falk kam gegen Viertel vor neun

in den Laden. Er trug noch immer seine Handschellen. Die Waffe hielt er mit beiden Händen hoch vor sich hin. Ah, ja. Nun, und danach . . .«

»Mr. Carson!« protestierte Selena Harper. »Ich bin müde! Ich bin ausgelaugt. Ich möchte ins Hotel und mich hinlegen. Ein bißchen zu schlafen versuchen und drüber nachdenken, was ich jetzt tun muß – wo ich jetzt doch allein auf der Welt bin.«

»Natürlich«, sagte der Sheriff beruhigend. »Sofort. Es gibt da nur noch eine Sache, die ich nicht ganz begriffen habe. Und das wäre die Frage, warum Sie Ihren Mann erschossen haben, Mrs. Harper.«

Einige Sekunden lang starrte sie ihn nur an.

»Nein, meine Dame, Sie kommen mir nicht davon«, fuhr Carson beinahe rücksichtsvoll fort. »Erstens verrieten Sie sich gleich, als Sie uns sagten, Sie hätten Falk auf der Stelle erkannt; er hätte so ausgesehen, wie Sie ihn hier im Büro erlebt hatten. Aber das war nicht der Fall, Mrs. Harper, o nein. Sie haben hier einen Mann mit buschigem weißem Haar und einer großen Zahnlücke gesehen. Das Haar liegt dort drüben auf meinem Tisch; in Wahrheit ist Falk ein Glatzkopf. Und als er floh, trug er seine falschen Schneidezähne – und ich wüßte keinen Grund, warum er sie später wieder rausgenommen haben sollte.«

Die Frau machte Anstalten aufzustehen. Dann ließ sie sich wieder auf den Stuhl sinken. Ihre hellen Augen blickten hierhin und dorthin. »Also, Sie sind ja verrückt«, stammelte sie. »Einfach . . . verrückt.«

Carson fuhr fort, als hätte sie nichts gesagt. »Zweitens behaupten Sie, Falk hätte die Waffe Ihrem Mann dicht vors Gesicht gehalten und abgedrückt. Roy Falk aber hat meinem Deputy einen 45er-Revolver abgenommen, Mrs. Harper. Einen 45er! Aus kurzer Entfernung hätte ein Geschoß aus dieser Waffe Ihrem Mann praktisch den Kopf abgerissen. Nein, nein, das stimmt vorn und hinten nicht.«

Ein kurzes Schweigen. Dann atmete Selena Harper tief ein und langsam wieder aus. Sie zuckte die Achseln: »Na schön, na schön.« Ihre dünnen Lippen verzogen sich zu einer grimmigen Linie. Als sie weitersprach, klang ihre Stimme hart und klar: »Der hatte das schon lange verdient. Wie ein Hund mußte ich für ihn arbeiten, und er behandelte mich schlimmer als einen Hund – daher hab' ich ja die Stelle am Kinn, er hat mich heute abend geschlagen. Nur weil ich ausnahmsweise mal früh zumachen wollte. Aber nein, für Jess Harper kam das nicht in Frage. Nicht, solange er noch einen Dollar verdienen konnte, indem er den Laden aufließ.«
Die beiden Deputies waren vorgetreten und bildeten mit Carson und mir einen unregelmäßigen Halbkreis vor der Frau, die starr auf ihrem Stuhl saß und ihrem Haß freien Lauf ließ.
»Dann wurde im Radio gemeldet, daß der Kerl der Polizei entwischt sei. Und sofort wußte ich, was ich tun wollte. Hinten im Laden hatten wir eine alte kleine Pistole – ein ekliges kleines Ding. Ich hab' keine Ahnung von Waffen, ich wußte aber immerhin soviel, daß ich auf ihn zielen und abdrücken konnte . . .«
Die Aussage ging noch weiter, doch es handelte sich meistens um Wiederholungen. Nach dem Mord an ihrem Mann hatte sie die Waffe und das Geld aus der Kasse in einem hohlen Baum auf einem Feld hinter dem Laden versteckt – und anschließend bei uns angerufen.
Und das schloß den Fall.
Wir standen um sie herum und starrten auf sie hinab, auf eine hagere, mausgraue Frau, die immer wieder die Brille hochschieben mußte, weil sie ihr über die winzige Nase rutschte.
Endlich sagte Ed Carson: »Also. Damit wäre Roy Falk vom Haken, soweit es den Mord angeht.«
»Das ist die beste Nachricht, die ich heute abend gehört habe«, meldete sich eine Stimme vom Eingang. Wir fuhren herum. Roy Falk stand auf der Schwelle. Seine gefesselten

Hände hingen schlaff herab, seine Glatze schimmerte im Schein der Deckenlampe.

»Also, da – soll – mich – doch – der – Teufel . . .«, grollte der Sheriff.

Falk lachte abwehrend. »Ich hab' ein bißchen nachgedacht. Wohin sollte ich wohl ausreißen – oder was sollte ich tun, wenn ich einen Unterschlupf gefunden hätte?«

»Aber wo haben Sie gesteckt?« rief ich.

Falk betrat das Büro. »Ach, Mr. Gates, das ist kein großes Rätsel. Nachdem ich von dem Deputy hier loskam, lief ich geradewegs ins Gerichtsgebäude zurück und in die zweite Etage hinauf. Hab' mich seither aus der Männertoilette nicht weggerührt. Sie werden da oben auch Ihre Waffe wiederfinden, Mr. Mullins.«

Wir starrten den kleinen Mann an. Er war zweifellos die ruhigste Person im Büro des Sheriffs.

Ruby Martinson, Ex-Häftling

HENRY SLESAR

Ich war in unserer Familie wohl der einzige, der sich nicht überrascht zeigte, als mein Vetter Ruby Martinson im Gefängnis landete. Alle anderen hielten Ruby für einen ach, so netten Jungen, der nie in Schwierigkeiten geraten oder seine Eltern ärgern würde, geschweige denn etwas tun, das man mißbilligen mußte. Ich aber wußte es besser. Ich wußte, daß Ruby Martinson, der *private* Ruby Martinson, der hinter der großen Brille verborgen war in seinem dünnen, beinahe ausgemergelten Körper, getarnt von seiner pflichtbewußten Existenz als Steuerberater, in Wahrheit ein Todfeind der Gesellschaft war, ein Meisterverbrecher, ein gigantischer Hort des Bösen, unerhörte Taten planend, die seiner Mutter graue Haare verschafft hätten, wären diese nicht schon längst schlohweiß gewesen.

Ich war auf der Welt der einzige, der Rubys wahren Charakter kannte, und das nur deswegen, weil er sich mir anvertraute. Diese Vertraulichkeit war für mich ungeheuer befriedigend, denn mit dreiundzwanzig war Ruby mehrere Jahre älter als ich und in kriminellem Denken und krimineller Energie um etliches erfahrener. Wenn wir uns zu Kaffee und Kringeln in Hectors Café trafen und Ruby mir seine komplizierten verbrecherischen Pläne offenbarte, saß ich mit offenem Mund ihm gegenüber, gebannt vor Ehrfurcht und Respekt und einem wohligen Erschaudern angesichts der Tatsache, solch einen gefährlichen Mann auch nur zu kennen. Unsere Beziehung krankte nur daran, daß Ruby mich gelegentlich in seine

Untaten hineinzog. Dabei besaß ich bei weitem nicht die eiserne Entschlossenheit, die er an den Tag legte. Damit will ich sagen, daß ich ein Feigling war. Und es noch immer bin.

Als Ruby ins Gefängnis kam, beendete ich gerade eine kurze Beschäftigung in der Brett-Hutfabrik im Bekleidungsdistrikt. Seit Verlassen der Oberschule war es mein dritter Job in der Modebranche, und mein Chef, Mr. Komroff, war zu dem Schluß gekommen, daß ich nicht mit ganzem Herzen bei der Sache war – und diese Sache war das Pressen von Damenhüten. An dem Montag, an dem er mir die schlechte Nachricht eröffnete, hatte er Tränen in den Augen, und ich fühlte mich auch ziemlich mies. Mir wurde nicht besser, als ich beim Nachhausekommen erfuhr, daß Ruby verhaftet worden war.

Ich brauchte eine Zeitlang, um aus meiner Mutter, die sich leicht erregte, die Tatsachen herauszuholen und mir die Geschichte zusammenzureimen. Ruby hatte sich den Wagen seines Onkels ausgeborgt, einen 1939er Plymouth, um seiner Biene Dorothy eine Sonntagsfahrt aufs Land zu bieten. Ich sage ›Biene‹, weil Ruby sie so nennt, doch in Wirklichkeit ist Dorothy ein sehr nettes Mädchen. Jedenfalls fuhr er durch die Bronx und muß sich wohl verfahren haben, denn er lenkte den Plymouth verkehrt durch eine Einbahnstraße. Leider begegnete er dabei einem Streifenwagen, und die Bullen erwiesen sich als sehr unangenehm, besonders als sie erfuhren, daß Ruby seinen Führerschein zu Hause vergessen hatte. Ich weiß nicht genau, was geschehen ist, aber es muß wohl so sein, daß Ruby (der Polizisten haßt) den Beamten schwer auf die Nerven ging, denn sie schickten Dorothy nach Hause und nahmen Ruby mit aufs Revier, wo er die Nacht verbringen mußte. Montag früh erschien Rubys Vater, ein netter alter Mann, der Klavierunterricht erteilt, auf dem Revier und holte ihn raus.

Also, die Sache hörte sich gar nicht so schlimm an, nachdem ich sie nun kannte, doch so wie sich meine Mutter darüber ausließ, konnte man annehmen, Ruby werde bereits der Kopf rasiert und die Hose für den elektrischen Stuhl aufgeschlitzt. Den ganzen Abend über telefonierte sie mit Rubys Mutter und jammerte und weinte, als stünde das Ende der Welt bevor. Die ganze Nacht verbrachte sie in der Küche und kochte Hühnersuppe, die sie Ruby am nächsten Morgen bringen wollte, als liege er mit Lungenentzündung oder so im Bett. Ich hab' meine Mutter nie verstanden.

Jedenfalls zog ich am nächsten Tag los und hatte die Stellenanzeigen der *New York Times* in der Tasche meines Anoraks. Auf meiner Runde hatte ich kein Glück, vor allem wohl deswegen, weil ich den halben Tag in einem Kino an der 42. Straße verbrachte, doch um sechs Uhr abends folgte ich dem Ruf der Gewohnheit und schaute in Hectors Café am Broadway vorbei für den Fall, daß Ruby trotz seines unangenehmen Erlebnisses am gewohnten hinteren Tisch säße und über Kaffee und Kringeln dunkle Pläne schmiedete. Er war zur Stelle. Kaum konnte ich einen Blick in sein Gesicht werfen, da wußte ich, daß Ruby sich verändert hatte. So war er bleicher als zuvor, ich meine, sogar seine Sommersprossen waren heller geworden; Ruby ist rothaarig und hat viele Sommersprossen. Und sein Gesicht zeigte einen leidenden Ausdruck, wie bei einem Mann, der durchs Fegefeuer gegangen ist. Die Augen hinter seiner großen Brille waren zu Schlitzen zusammengezogen und wirkten irgendwie seltsam, und immer wieder zuckte ein kleiner Muskel an seiner Wange. Die Hand, die die Kaffeetasse hielt, war nicht fest und sicher, und sein Mund, der einen Gebäckkringel kaute, bildete eine dünne, straffe Linie.

»Hallo, Ruby«, sagte ich, und er nickte, ohne mich anzusehen. »He, ich hab' gehört, was passiert ist«, fuhr ich fort, »die Sache mit dem Wagen, meine ich.«

Mit langsamer Bewegung drehte er den Kopf in meine Richtung. Dann sagte er, wobei er die Worte förmlich ausspuckte: »Miese Bullen!«

»Haben Sie dich grob behandelt, Ruby? Wollten Sie dich fertigmachen oder so?«
»Nee. Haben's nicht gewagt, Hand an mich zu legen. Ich hab' gesagt, ich würd' mir einen Rechtsverdreher nehmen, wenn sie mich anfassen. Und daraufhin schmissen sie mich ins Loch.« Er rieb sich über die Stirn.
»Mann! War es schlimm, Ruby?«
»Die haben sich eingebildet, ich würde durchdrehen. Ich würd's nicht aushalten. Aber ich hab' sie reingelegt, die Schweinehunde. Das bißchen hätt' ich sogar im Kopfstand gebracht; die Kerle wußten eben nicht, mit wem sie es zu tun hatten. Und wenn ich's *wirklich* gewollt hätte, hätt' ich ausbrechen können.«
Meine Augen waren so groß wie Untertassen, und mir ging auf, daß Ruby von der Nacht im Gefängnis verändert worden war. Er redete seit jeher ziemlich barsch daher, doch hatte er sich noch nie so heftig geäußert. Ich konnte mir noch kein klares Bild machen, aber er wirkte auf jeden Fall *härter* als vorher.
»Den Laden hab' ich gründlich ausspioniert«, fuhr Ruby fort und blickte starr geradeaus. »Ich hab' mir 'nen narrensicheren Ausbruchsplan zurechtgelegt und hätte den auch ausgeführt; aber mein alter Herr löhnte ja dann für mich. Sie hätten mich nicht lange dabehalten können, nicht gegen meinen Willen jedenfalls. Ich wär' gleich auf einen Frachter nach Südamerika oder sonstwohin gegangen, und niemand hätte mich erwischt. Es gab da ein paar Leute, die die richtigen Verbindungen hatten.«
»Was für Leute, Ruby?«
»Na, Kumpel im Bau. Kerle, die sich auskennen. Glaub mir, ich hab' gewaltig dazugelernt.«
Es gefiel mir nicht, Ruby so reden zu hören. Ich meine, ich wußte durchaus, daß er ein richtiger Verbrecher war, ein echter Feind des Volkes, aber ich sah ihn doch mehr als Denker,

nicht als Kraftprotz. So wie er jetzt quatschte, hatte er nichts Verbindliches mehr: Sein Gerede war einfach ungeschliffen, wie das eines ganz gewöhnlichen Gangsters.
»Ach, Ruby«, sagte ich, »du solltest dich davon nicht so aus der Bahn werfen lassen. War ja immerhin nur eine Nacht. Das hätte jedem passieren können.«
Er ließ ein kurzes, spöttisches Lachen ertönen.
»Du hast eben keine Ahnung, Kleiner. Du siehst alles durch eine rosarote Brille. Meinst du, für mich wird jetzt alles ein Zuckerschlecken?«
»Was meinst du?«
»Na, wie komm' ich wohl dabei raus? Alle wissen, daß ich im Bau gewesen bin. Die ganze verdammte Gegend weiß Bescheid. Ich bin ein *Häftling*! Meinst du, das vergessen die Leute wieder?«
»Ach, Ruby . . .«
»Wach auf, Kleiner. Hör auf, dir was vorzumachen. Niemand will mit einem Ex-Häftling etwas zu tun haben. Wart's nur ab!«
Ich war froh, daß Ruby und ich an jenem Abend unser Beisammensein recht früh beendeten – und daß er mir keinen einzigen üblen Plan vorzutragen hatte. Ich wünschte mir, er würde seine Stimmung möglichst schnell überwinden. Sie gefiel mir ganz und gar nicht.
Zwei Wochen später bildete ich mir schon ein, er wäre wieder der alte. Nicht daß Ruby seinen Zusammenstoß mit dem Gesetz vergessen hätte, doch er wirkte und handelte nicht mehr ganz so verbittert wie am Anfang. Ich war sehr erleichtert; sogar so sehr, daß mir mein Unvermögen, einen neuen Arbeitsplatz zu finden, kaum etwas ausmachte.
Dann passierte es. Beinahe drei Wochen nach dem Tag, an dem Ruby eingelocht worden war, betrat ich Hectors Café und sah Ruby am gewohnten Tisch sitzen – und die Art und Weise, wie seine Gesichtsmuskeln zuckten, verriet mir sofort,

daß er in den Abgrund von Verbitterung und Melancholie zurückgestoßen worden war, aus dem ich ihn gerettet glaubte. Ich brauchte kein Wort zu sagen. Er offenbarte mir sofort, was ihn beschäftigte.
»Jetzt ist es passiert, Kleiner«, sagte er und zerfetzte einen Kringel. »Man hat mich endlich erwischt. Ich wußte ja gleich, daß es passieren würde; war nur eine Sache der Zeit.«
»Was denn, Ruby?«
Er schenkte mir ein verzerrtes Lächeln: »Erinnerst du dich, was ich dir über Ex-Häftlinge gesagt habe? Na, jetzt weißt du, daß ich recht hatte. Niemand gibt einem Ex-Häftling eine Chance. Niemand.« Er knallte die Kaffeetasse auf den Tisch. »Ich bin heute rausgeflogen. Bei Conroy & Co.«
Ich starrte ihn an. Conroy & Co. war die große Steuerberatungsfirma an der Fünften Avenue, bei der Ruby beschäftigt war. Er arbeitete dort schon, solange ich zurückdenken konnte, und die Nachricht, daß er entlassen worden war, entsetzte mich. Ich murmelte etwas Mitfühlendes.
»Daß du dich nicht täuschst, Kleiner«, sagte Ruby. »Ich weiß, warum ich rausgeschmissen wurde. Man hat mir tüchtig was vorgejammert über die schwierigen Zeiten, aber ich weiß doch Bescheid. Man hat mir den Laufpaß gegeben, weil ich ein Ex-Häftling bin – solche Leute will niemand auf der Lohnliste haben.«
»Ach, Ruby, *weiß* man denn in deiner Firma überhaupt . . .«
»Natürlich weiß man Bescheid. Wofür hältst du mich, für blind oder was?« In Wahrheit ist Ruby tatsächlich ziemlich blind, wenn er seine Brille nicht aufhat. »Ich weiß doch, wie der Hase läuft, Kumpel. Bei den Ehrlichen gibt's nichts anderes. Ein falscher Schritt, eine kleine Verhaftung, und *peng!* – schon bist du draußen.«
»Aber vielleicht stimmt es wirklich, Ruby. Vielleicht ist die wirtschaftliche Lage wirklich nicht gut. Ich hab' schon seit fast einem Monat keine Arbeit mehr . . .«

Er sah mich mitleidig an. »Du bist wirklich naiv! Was geschieht wohl, wenn ich mich nach Arbeit umsehe? Was wird man sagen, wenn man die Wahrheit über mich erfährt?«
Ich wußte keine Antwort. Mir war so mies zumute, daß ich kaum meinen Kringel aufessen konnte. Schließlich kannte ich mich in der Geschäftswelt wirklich nicht besonders gut aus. Vielleicht hatte er ja recht.
»Tut mir leid, Ruby«, sagte ich.
»Mach dir deswegen keine Sorgen«, antwortete Ruby stählernen Blicks. »Ich bekomme deswegen keine Probleme. Es gibt mehr als eine Möglichkeit, Moneten zu machen, ohne dabei über langweiligen Geschäftsbüchern zu hocken.«
»Aber ich dachte, dir gefiele das Rechnungswesen?«
»Es gibt Sachen, die gefallen mir eben noch mehr. Ich habe Pläne, große Pläne. Noch ist nicht alles ausgereift, aber es liegen etliche Eisen im Feuer. Jeden Tag kann's soweit sein.«
Ich wußte, was er meinte, doch ich wollte es nicht aussprechen. In Ruby Martinsons verbrecherischem Gehirn wurde ein großer Coup ausgearbeitet, eine Tat, die mehr als nur eine geistige Übung sein sollte. Ich konnte nur hoffen und beten, daß ich dabei keine aktive Rolle übernehmen mußte.
Aber ich irrte mich. Eine Woche später – wir suchten beide noch nach Arbeit – rief Ruby bei mir an und ließ ausrichten, daß ich unsere Verabredung im Café auf keinen Fall versäumen sollte: eine überflüssige Vorsorge. Doch es lag auf der Hand, daß unser Zusammentreffen bedeutsamer sein würde als sonst. Augenblicklich überkam mich eine Art Panik, die sogar dazu führte, daß ich am Nachmittag ein Anstellungsgespräch in den Sand setzte. Bei einer großen Firma, die Botenjungen für das Büro suchte, füllte ich einen Antrag aus und schrieb in die Spalte, in der ich mein Geschlecht angeben mußte: *Bürobote.* Der Mann von der Personalabteilung warf mir einen irgendwie seltsamen Blick zu, und PS: Ich bekam den Job natürlich nicht.

Als ich bei Hector eintraf, war Ruby hinter einem Buch kaum zu sehen, und als ich mich setzte, bemerkte ich, daß das Buch eine saubere Zeichnung tarnte, wie sie früher immer vorn in den Kriminalromanen zu sehen waren: eine Art Grundriß. Er reichte mir das Buch, wobei er die Augen hin und her drehte, und ich sah mir das Ding an, ohne zu wissen, ob es mir um das Buch oder die Zeichnung gehen sollte. Ich begann nervös zu kichern, und Ruby versetzte mir einen Schlag gegen den Arm.
»Was findest du so komisch? Siehst du nicht, was das ist?«
»Keine Ahnung.« Ich schluckte trocken. Ehrlich gesagt, hatte ich Angst vor Ruby, wenn er so war.
»Das ist eine Penthouse-Wohnung«, antwortete Ruby. »Der Kerl, dem die gehört, hat massenhaft Geld. Ich meine, *massenhaft*!«
»Welcher Kerl?«
»Er heißt Jaffe und ist einer der Kunden meines Chefs. Meines Ex-Chefs. Ich hatte ab und zu mit seiner Buchführung zu tun und mußte manchmal auch in seine Wohnung hinauf, um für die Firma etwas abzuholen. Jaffe persönlich kenne ich nicht, doch ich weiß, daß er schwerreich ist. Ein hübsches Nest, wie?«
Wieder schaute ich mir die Zeichnung an, die mir jedoch kein klares Bild vermittelte. Ich kann solche Zeichnungen einfach nicht richtig lesen. Aber natürlich sollte Ruby nicht wissen, wie blöd ich war, also nickte ich vielsagend.
»Hier haben wir einen Privatfahrstuhl«, fuhr Ruby fort und setzte den Zeigefinger auf das Papier. »Der führt direkt in den Flur der Wohnung. Es gibt aber auch einen anderen Fahrstuhl, einen für das ganze Haus. Der Privatlift hat Selbstbedienung, während der andere Fahrstuhl von einem Mann bedient wird. Für den Privatlift braucht man einen Schlüssel, dafür aber landet man gleich *in* der Wohnung. Begriffen?«
Ich schüttelte den Kopf.
»Was ist denn mit dir? Wenn du den Schlüssel zum Privatfahr-

stuhl hast, brauchst du keinen Schlüssel zur Penthouse-Tür. Du benutzt einfach den Fahrstuhl und bist schon in der Wohnung. Von der Wohnung aus kann die Fahrstuhltür mit einem Summer entriegelt werden; in allen anderen Fällen muß man den Schlüssel nehmen. Also, der Nachtportier, ein Bursche namens Pete, der verläßt manchmal seinen Lift, um unten im Keller einen zur Brust zu nehmen. In den letzten drei Nächten hab' ich seine Zeiten gestoppt, und es läuft etwa so.«

Er zog ein Blatt Papier aus der Tasche, auf der eine lange, sauber geschriebene Zahlenreihe stand.

»Na, kapierst du endlich den Dreh? Wir müssen nur durchhalten, bis Pete seinen Schnaps trinken geht, dann schieben wir den Schlüssel ins Schloß des Privatfahrstuhls und haben es schon geschafft. In der Wohnung liegen sicher etliche tausend Scheinchen herum.«

Zum erstenmal wurde mir klar, daß Ruby von einem Einbruch sprach.

»Mann!« sagte ich. »Soll das heißen, du willst die Wohnung ausrauben?«

»Was soll es wohl sonst heißen, du Dummkopf? Wir werden damit keine Mühe haben. Die Leute haben keine Kinder und auch kein Hauspersonal, das dort übernachtet . . .«

»Wir?« rief ich schrill.

Wieder versetzte er mir einen Schlag gegen den Arm und schaute sich hastig um. Da niemand zuzuhören schien, sprach er weiter.

»Jetzt hör aber gut zu. Ich habe mir vom Schlosser einen ganzen Satz Schlüssel besorgt und werde den ermitteln, der zum Fahrstuhl paßt. Wir müssen das eines Abends ausprobieren, wenn Pete unten im Keller seinen Schnaps trinkt. Anschließend kommen wir dann wieder, wenn Jaffe und seine Frau ausgegangen sind . . .«

»Das ist doch aber Einbruch!« stammelte ich. »Mann, Ruby, du . . .«

»Was hast du gegen einen Einbruch?« fragte er mit rauher Stimme. »Denkst du etwa, ich versuche, ehrlich zu bleiben, und verhungere dabei? Ich nicht, Kumpel! Ich nicht!«
»Aber, Ruby . . .«
»Kein Aber, Kumpel! Ich hab' die ganze Sache ausbaldowert. Der Fahrstuhl ist alt und klapprig; das Schloß dürfte uns keine Schwierigkeiten machen. Wenn du mir mit dem Schlüssel nicht helfen willst, okay. Aber ich brauche dich, wenn es ernst wird. Einverstanden?«
Ich spürte den verzweifelten Drang, nein zu sagen. Aber es war mir schon immer schwergefallen, dem alten Ruby Martinson, dem Mann ohne Vorstrafe, etwas abzuschlagen. Mich dem neuen Ruby, dem Ex-Häftling, zu versagen, war so gut wie unmöglich.
»Einverstanden«, sagte ich voller Verzweiflung und hoffte, er würde das Schlüsselproblem nicht lösen können. »Einverstanden, Ruby. Was du willst.«
Aber die schwachen Hoffnungen, die ich hegte, Ruby würde für das Jaffe-Schloß keinen passenden Schlüssel finden, schwanden schnell dahin. Ich hätte gleich wissen müssen, daß Ruby zu schlau war, um bei einer so einfachen Aufgabe zu versagen. Nach kaum vier Tagen vermeldete er aufgekratzt den Erfolg. Er besaß den kleinen rundlichen Metallstreifen, der uns zum Penthouse-Fahrstuhl Zugang verschaffen würde, und jetzt kam es nur noch darauf an, den Abend abzuwarten, da die Jaffes ihre Wohnung lange genug verlassen würden.
Inzwischen hatten wir tiefen Winter, der uns den Wachdienst vor dem Mietshaus in der 78. Straße ziemlich verleidete. Ich trug einen Mantel, den ich schon seit meinem fünfzehnten Geburtstag besaß, und das Gewebe war dermaßen abgegriffen, daß es noch etwa so dünn war wie ein Papiertaschentuch. Ich zitterte so sehr, daß mir die Zähne wehtaten. Zehn Nächte lang beobachteten wir das Haus, aber die Jaffes schienen nie auszugehen. In mir regte sich die beunruhigende Vermutung,

daß Ruby sie mit seinen schlechten Augen auch dann nicht erkennen würde, wenn sie *tatsächlich* mal das Haus verlassen sollten.
Am Anfang der dritten Woche unserer Überwachung jammerte ich bereits ziemlich herum, und je mehr ich mich beklagte, desto deutlichere Worte fand Ruby. An einem Freitagabend ließ ich mich erst nach halb neun blicken (unser Dienst begann pünktlich um sieben), und Ruby war ziemlich wütend. Zumal er gesehen hatte, wie die Jaffes aus dem Haus kamen und mit einem Taxi wegfuhren.
»Es ist soweit«, sagte er zu mir, und sein starrer Blick wurde durch die dicken Brillengläser noch verstärkt. »Das Penthouse ist leer. Jetzt müssen wir nur noch abwarten, bis Pete Durst bekommt.«
Bis es soweit war, vergingen zwei weitere Stunden, die mir wie eine Woche vorkamen. Je mehr ich über unser Vorhaben nachdachte, desto weniger gefiel es mir. Das Zittern, das meinen Körper schüttelte, war nicht mehr ausschließlich auf das Klima zurückzuführen.
»Los jetzt«, sagte Ruby fröhlich. »Er ist eben in den Keller gegangen. Machen wir zu!«
Wir huschten zwischen den fahrenden Autos hindurch über die Straße und betraten die Vorhalle des Gebäudes. Ruby marschierte geradewegs um die Ecke auf die Tür mit der Aufschrift *Privatfahrstuhl* zu. Ich sah zu, wie er in die Tasche griff und den Schlüssel hervorholte. Fünf Sekunden später öffnete er die Tür, und wir betraten einen winzigen, mit Leinen ausgekleideten Kasten. Ruby schloß die Tür, grinste mich an und drückte den Knopf mit dem nach oben weisenden Pfeil.
Der Lift schien endlos unterwegs zu sein – und als die Fahrt zu Ende war, sahen wir uns einer Front aus Dunkelheit gegenüber. Diese Schwärze entpuppte sich jedoch als Samtvorhang, der vor den Fahrstuhlausgang gezogen worden war. Ruby schob ihn zur Seite, und wir betraten einen dermaßen

dicken Teppich, daß ich beinahe über den Rand gestolpert und der Länge nach hingeschlagen wäre.
»Geschafft!« frohlockte Ruby. »Ein Kinderspiel!«
Ich versuchte, etwas zu sagen, brachte aber nichts heraus. Ich sah zu, wie Ruby aus der Hüfttasche eine Stablampe zog und den Lichtstrahl über den Boden gleiten ließ. In vagen Spiegelungen machte ich die Umrisse massiger, dunkler Möbelstücke in einem riesigen Wohnzimmer aus. Dann richtete Ruby das Licht auf seine Armbanduhr und runzelte die Stirn.
»Fast schon elf Uhr«, sagte er. »Wir müssen uns beeilen.«
»Ach, Ruby«, sagte ich mit erstickter Stimme.
»Was ist?«
»Ach, ich weiß nicht . . .«
Ich wußte es schon, doch ich hätte es Ruby am liebsten nicht gesagt. Entweder war es die Nervosität oder das schlechte Wetter oder die gute Mutter Natur – aber ich mußte dringend etwas erledigen.
»Was ist?« wiederholte Ruby und faßte mich am Arm.
»Die Toilette«, keuchte ich. »Ich muß mal auf die Toilette!«
»Was?«
»Tut mir leid, Ruby. Aber ich *muß.*«
Er musterte mich verächtlich. Dann schnalzte er mit der Zunge und sagte: »Na schön, na schön. Du kannst ja aufs Häuschen, sobald wir hier raus sind.«
»Nein«, sagte ich bedrückt. »Ich glaube, ich sollte lieber gleich gehen, Ruby. Es *muß* hier doch ein Badezimmer geben.«
Angewidert schlug er sich mit der Hand vor die Stirn und marschierte ins Wohnzimmer hinein. Er ließ einen Augenblick lang das Licht herumwandern und kehrte dann zu mir zurück. Er zog mich vor sich.
»Okay, da hinein. Aber beeil dich, Mann!«
»Danke!« hauchte ich bescheiden, hastete zu der Tür, die im Licht der Taschenlampe schimmerte, und eilte hinein.

Als ich bereit war, das Badezimmer wieder zu verlassen, drehte ich den Türknauf, doch die Tür öffnete sich nicht. Ich fummelte am Schloß herum, ob ich es nicht versehentlich oder aus Gewohnheit verriegelt hatte, aber das Schloß war nicht das Problem. Die Tür mußte ein wenig verzogen sein – und so drückte ich kräftiger dagegen. Da sie sich noch immer nicht rührte, flüsterte ich: »Ruby! He, Ruby!« Er hörte mich nicht, und ich flüsterte lauter: »He, Ruby! Hilf mir mal!«
Ich konnte ihn auf der anderen Seite der Tür hören. »Was?« fragte er leise.
»Die Tür«, antwortete ich. »Sie klemmt von dieser Seite. Mach sie mal auf, ja?«
Der Türknauf klapperte, und Ruby sagte: »Du Dummkopf, entriegele das Schloß!«
»Ich hab' das Schloß nicht zugemacht. Vielleicht hat sich die Tür verzogen. Stemm dich mal dagegen.«
Er gab sich Mühe, erzielte aber kein Ergebnis. »Hör mal«, sagte ich, »ich schiebe von dieser Seite, und du ziehst. Klar?«
Ich hörte ihn fluchen, und dann begannen wir, zu schieben und zu ziehen, aber die Tür rührte sich nicht, keinen Millimeter, und Ruby fragte: »Was ist denn los mit dir? Nun gib mal richtig Druck!«
Ich warf mich gegen die Tür und brach mir beinahe die Schulter. Trotz der Vornehmheit der Wohnung war es kein sonderlich geräumiges Badezimmer, und so hatte ich keinen großen Anlauf.
»Ich krieg' sie nicht auf!« brüllte ich in panischem Entsetzen. »Ich bin eingeschlossen, Ruby!«
»Versuch's. *Versuch's!*«
Ich versuchte es. Ich hämmerte gegen die Tür, so fest ich konnte, doch waren meine Körperkräfte nicht gerade überragend. Ich schlug alle Vorsicht in den Wind und trat sogar gegen die Tür, aber das verflixte Ding tat nichts anderes, als mir den Weg zu versperren. Ich konnte Ruby ächzen und flu-

chen hören, und meine Besorgnis steigerte sich übergangslos zu einer erstklassigen Panik.
»Ruby!« ächzte ich. »Die Tür steckt wirklich fest. Ich schaffe überhaupt nichts.«
»Schon gut, schon gut!« sagte er heiser. »Nun reg dich nicht unnötig auf. Ich überleg' mir was.«
»Ruby, es ist elf Uhr! Wenn die Leute nach Hause kommen!«
»Ich hab' gesagt, du sollst dir keine Sorgen machen!«
»Ruby, laß mich nicht hier allein!«
»Hör auf zu jammern, ja? Laß mich nachdenken!«
Verzweifelt sah ich mich im Badezimmer nach einem Werkzeug um, das ich gegen die Tür einsetzen konnte, doch zu sehen war nur eine tiefe, in den Boden eingelassene Wanne, ein Medizinschränkchen, ein Regalbrett voller bunter Flaschen und die üblichen Gerätschaften, die an einem solchen Ort zu finden sind. Ich war hilflos und hing allein von Rubys genialem Verbrechergehirn ab, wenn ich hier wieder herauskommen wollte.
»Hör mal«, sagte Ruby mit an die Tür gelegtem Mund. »Es gibt nur eine Möglichkeit – ich muß die Tür aufhebeln. Dazu muß ich Werkzeug holen . . .«
»Vielleicht gibt es was in der Wohnung.«
»Wir haben keine Zeit zum Suchen. Ich habe Werkzeug zu Hause.«
»*Zu Hause?* Da brauchst du ja eine Stunde, um wieder hier zu sein!«
»Mach dir keine Sorgen. Ich nehme ein Taxi.«
»Nein!« rief ich. »Ruby, laß mich hier nicht allein . . .«
»Die einzige Möglichkeit!« sagte er aufgebracht. »Gib schon Ruhe – *ich* kümmere mich darum!«
»Aber was ist, wenn sie nach Hause kommen? Und hier etwas suchen? Bitte laß mich nicht . . .«
»Ach was. Die kommen sicher spät. Du weißt ja, wie solche Leute sind.«

Ich wußte es nicht, hoffte aber, daß Ruby sich auskannte.
»Im Handumdrehen bin ich wieder da«, sagte er. »Nun beruhige dich mal, Kleiner. Ich hole dich da raus . . .«
»Ruby!« rief ich noch einmal, doch es kam keine Antwort mehr, und ich wußte, er hatte sich auf den Weg zum Fahrstuhl begeben.
Als er fort war, unternahm ich noch weitere Versuche, die Badezimmertür zu öffnen, hatte aber keinen Erfolg. Mir war so mies wie schon lange nicht, als ich mich schließlich auf den Toilettendeckel setzte und den Kopf in die Hände stützte. Ich schaute auf die Uhr, die auf zehn Minuten nach elf zeigte. Ich zog sie gründlich auf, damit sie mir nicht noch stehenblieb.
Als ich das nächstemal aufs Zifferblatt schaute, war es halb zwölf, und meine Angst steigerte sich noch mehr. Was sollte werden, wenn die Jaffes gar keine Nachtschwärmer waren? Wenn sie nur zum Abendessen gegangen waren oder so? Vielleicht waren sie bereits auf dem Heimweg!
Um acht Minuten vor Mitternacht hatte ich den Toilettensitz satt, stand auf und machte mich daran, auf dem zwei Meter langen Kachelboden hin und her zu marschieren. Ich öffnete den Medizinschrank und untersuchte den Inhalt, der nicht sonderlich interessant war. Ich schloß die Schranktür wieder und starrte in den daran befestigten Spiegel. Ich sah nicht besonders gut aus.
Um halb eins wußte ich, was es bedeutete, wenn sich jemand als Nervenbündel bezeichnet – ich war nämlich eins. Nur um irgend etwas zu tun, trat ich wieder vor den Spiegel und zeigte mir Grimassen. Zuerst bleckte ich die Zähne und riß die Augen auf wie ein verrückt gewordenes Ungeheuer. Dann senkte ich kokett-schüchtern den Kopf wie ein kleines Mädchen. Dann gab ich mir das romantische Aussehen eines großen Filmhelden, der gleich seine Partnerin küssen will. Ich schmatzte gegen das Glas des Spiegels und hinterließ einen runden, nassen Fleck. Ich wischte mit einem Badetuch nach.

Dann öffnete ich das Medizinschränkchen, nahm Rasierwasser heraus und benetzte damit meine Wangen. Vermutlich hätte ich mir noch das Gesicht gepudert, wenn da nicht ein Geräusch erklungen wäre, das mich wie ein Stromschlag durchfuhr. Der Fahrstuhl kam hoch.
Ich schaltete das Licht aus und legte das Ohr an die Tür. Als ich die Frauenstimme hörte, schwoll mein Herz zur Größe einer Kesselpauke an und verbreitete auch ungefähr denselben Lärm. Ich schaute auf die Uhr. Zehn vor eins.
Die Frau sagte: »Um Himmels willen, mach doch Licht! Was bist du, ein Blindenhund?«
»Schon gut, schon gut«, antwortete ein Mann mit einer Stimme, die mir ein bißchen schwerfällig vorkam. »Hör mal, wenn du noch hier rumsitzen willst, soll's mir recht sein. Ich gehe ins Bett.«
»Wer will denn rumsitzen?« fragte die Frau. »Glaub mir, wenn *ich* heute abend so zugelangt hätte wie du, könnte ich auch nichts anderes mehr, als mich schlafen zu legen.«
Ihre Stimme war lauter geworden, und ich begann zu zittern, weil ich mich vor dem Erwischtwerden fürchtete. Der Mann sagte noch etwas, das ich nicht verstehen konnte, dann hörte ich Schritte, die vom Teppich gedämpft wurden. Und schon drehte sich der Knauf der Badezimmertür.
Zum Glück hatte er mit der Tür nicht mehr Erfolg als Ruby. Er brummte etwas vor sich hin und sagte: »Die verdammte Badezimmertür klemmt schon wieder. Sprichst du mal mit dem miesen Hauswart?«
»Ach, tu das doch selbst. Du bist doch der Mann im Haus!«
»Und wer hat die Zeit zu so etwas, du oder ich? Was hast du denn den lieben langen Tag zu tun? Was mache ich wohl deiner Meinung nach im Büro – Murmeln spielen?«
»Ich wünschte, ich wüßte es«, antwortete die Frau mit einem leisen Auflachen. »Nimm das Klo im anderen Badezimmer. Wir haben doch eine Million Badezimmer, mußt du unbe-

dingt das nehmen? Willst du dir noch das Gesicht einkremen oder was?«
»Ich will nur mal gut ausschlafen. Wann kommt deine Mutter?«
»Elf Uhr. Und?«
»Nichts, nichts.«
Mehr hörte ich nicht. Es gab ein Klicken, und der helle Streifen unten an der Badezimmertür verschwand. Die beiden waren zu Bett gegangen. Vielleicht habe ich nicht recht deutlich werden lassen, in welchem Zustand ich das alles mitbekam. Ich meine, vielleicht nehmen Sie an, ich sei hübsch ruhig und gelassen gewesen wie ein Gerichtsstenograf oder so. Ich kann Ihnen versichern, daß das nicht der Fall war.
Als es in der Wohnung still geworden war, versuchte ich im Dunkeln auf meine Uhr zu schauen, aber die verflixten Radiumziffern leuchteten nicht. Ich legte ein großes Badetuch quer vor die Tür und schaltete das Licht wieder ein. Es war halb zwei Uhr.
Wo steckte Ruby? Innerlich stöhnte ich. Zweieinhalb Stunden waren vergangen, und er hatte sich noch nicht wieder blicken lassen!
Wieder setzte ich mich und begann, mir Gedanken zu machen, was wohl meine Familie denken mochte. Ich kam oft spät nach Hause, und es gab niemals Ärger, doch wie die Dinge aussahen, konnte ich *tagelang* hier festsitzen.
Um Viertel vor zwei glaubte ich, den Verstand zu verlieren. Das Badezimmer kam mir kleiner vor denn je. Hätte ich ein Buch oder Magazin gehabt oder irgend etwas anderes, mit dem ich mich beschäftigen konnte, wäre es wohl nicht so unerträglich gewesen. Jetzt wußte ich, wie Ruby im Gefängnis in der Bronx zumute gewesen sein mochte. Ich bekam Beklemmungen.
Wieder kramte ich den Medizinschrank durch und las die Etiketten auf der Alka-Seltzer-Flasche, der Dose mit Dr. Lyons

Zahnpulver und der Flasche mit St. Josephs Aspirin. Anschließend sah ich die Sammlung von Badesalzen, Schaummitteln, Duftwässern und anderen wonnigen Sachen durch. Aber auch das ermüdete mich nach einer Weile, und ich kehrte erschöpft auf meinen Sitz zurück. Mir war ziemlich elend, das kann ich Ihnen sagen.

Dann kam mir ein Gedanke. Ich wußte gleich, daß es der reinste Wahnsinn war, doch ich kam nicht mehr davon los. Irgendwie schien es mir die einzige Möglichkeit zu sein, nicht den Verstand zu verlieren, und zusätzlich inspirierte mich die vornehme Sammlung von Badeartikeln. Langsam ließ ich Wasser in die Wanne, bis sie zu drei Vierteln gefüllt war. Dann zog ich meine Sachen aus, legte sie über den Toilettensitz und trat vor das kleine Regal hin. Ich nahm die Flasche mit dem Schaumpulver zur Hand und las noch einmal die Gebrauchsanweisung, dann schüttete ich eine Handvoll in das laufende Wasser, bis sich ein hübscher Schaum bildete. Ich gab noch eine Prise Badesalz hinzu und eine Portion von einem Mittel, das Mirakelbad hieß. Zur Abrundung gab es noch drei Spritzer eines Duftwassers mit dem Titel »Abend in Paris« – dann stieg ich endlich selbst in die Wanne.

So lag ich denn im warmen Wasser, umgeben von den angenehm duftenden Sachen, die ich großzügig ausgeschüttet hatte, und fühlte mich ziemlich gut. In einer Vertiefung lag ein ovales, blaues Stück Seife, und ich reinigte mich gründlich vom Hals bis zur Hüfte und spritzte schließlich so heftig herum, daß ich die Leute im Schlafzimmer beinahe vergaß. Nur gut, daß ich nicht zu singen begann oder sonst etwas anstellte; damit wäre ich vielleicht zu weit gegangen.

Ich schwamm gerade gemütlich im Wasser herum, das mir bis zum Kinn reichte, als ich draußen das Klingeln vernahm. Es war ein unpassender, erschreckender Laut, und ich erstarrte, um abzuwarten, was nun geschehen würde.

Nach kurzer Zeit waren dumpfe, barfüßige Schritte auf dem

Teppich zu hören, gefolgt von der mürrischen Stimme des Mannes, der offenbar in das Haustelefon sprach. »Wer ist da?«

Ich hörte die Antwort nicht – doch sie schien Mr. Jaffe wütend zu machen. Er fluchte und forderte den Unbekannten auf zu verschwinden, aber dann schien er ein interessantes Argument gehört zu haben, denn er sagte: »Na schön, kommen Sie rauf.«

Und schon hörte ich das Jaulen des Fahrstuhls. Vermutlich hatte Jaffe die Tür im Erdgeschoß per Knopfdruck geöffnet. Als ich die Stimme seines Besuchers vernahm, schnappte ich unwillkürlich nach Luft. Es war Ruby!

»Was soll das denn, zum Teufel?« hörte ich Jaffe fragen. »Wissen Sie, wie spät es ist?«

»Gewiß, Sir«, antwortete Ruby und ließ dem anderen keine Zeit nachzudenken. »Aber wissen Sie, der Hauswart hat mir wegen Ihrer klemmenden Badezimmertür Bescheid gegeben, und ich gehe morgen auf Urlaub, doch wenn die Reparatur zwei Wochen Zeit hat . . .«

»Was soll das heißen? Wo ist Rudolph, der sonst immer die Reparaturen macht?«

»Rudolph? Oh, Rudolph hat gekündigt, Mr. Jaffe. Aber wie ich schon sagte: Wenn es Ihnen lieber ist, daß wir die Sache nach meinem Urlaub machen . . .«

Jaffe knurrte etwas und sagte dann: »Na schön, na schön. Aber beeilen Sie sich, ja? Wir versuchen hier zu schlafen.«

»Dauert nur zwei Minuten, Mr. Jaffe. Nur zwei Minuten.«

Ich verfolgte das Gespräch in starrem Schweigen, und schon hörte ich Schritte auf die Badezimmertür zukommen. Mir ging die schlichte Raffinesse von Rubys Plan auf – aber natürlich war ich nicht bereit, meinen Teil darin zu übernehmen. Ich riß den Stöpsel heraus, und das Wasser begann mit einem lauten *Ggwuusch!* abzulaufen, während ich aus der Wanne zu steigen versuchte und dabei auf den Resten des verflixten

Badesalzes ausglitt. Als ich endlich das große Badetuch erreichte, das auf dem Boden lag, machte sich Ruby bereits mit irgendeinem Werkzeug an der Tür zu schaffen, und ich war noch nicht einmal trocken, als ich merkte, daß seine Bemühungen Erfolg hatten.

Im nächsten Moment ging die Tür auf, und Ruby, der eine Arbeitsmontur trug, blinzelte mich an. In der Hand hielt er einen spitzen Gegenstand.

»Du Blödmann!« flüsterte er heiser. »Zum Teufel, was machst du da?«

Ich konnte ihm nicht antworten, so heftig klapperte ich mit den Zähnen, so sehr war mir die Kehle zugeschnürt.

»Du mußt hier *raus*!« forderte er mit flackerndem Blick. »Die beiden sind im Schlafzimmer, können aber jeden Moment rauskommen! Nimm deine Sachen und verschwinde!«

Ich stammelte etwas und begann meine im Badezimmer verstreuten Sachen zu einem großen Ball zusammenzuraffen. Alles kam mir sehr fettig vor, nichts wollte in meiner Hand bleiben, und auch das Badetuch um meine Schultern wollte andauernd zu Boden rutschen. Ruby stöhnte angewidert und entriß mir die Sachen; hastig zog ich mir das Badetuch fest um den Körper. Dann hastete er durch das Zimmer zurück zum Fahrstuhl, und ich hoppelte hinter ihm her und hinterließ auf dem Teppich große nasse Fußabdrücke. Wir eilten in den Fahrstuhl, er drückte den Knopf nach unten, und ich gab mir große Mühe, Hemd und Hose anzuziehen. Als wir das Erdgeschoß erreichten, trug ich unter dem Mantel etwa die Hälfte meiner Sachen. Zum Glück fanden wir an der Ecke gleich ein Taxi.

Also, das war alles, was wir an Beute von unserem Einbruch mitbrachten: ein großes Badetuch, das in der Mitte, wie wir später feststellten, die Aufschrift STATLER-HOTELS trug. Ich bekam auch eine schwere Erkältung mit, die mich zwei

Wochen lang ans Bett fesselte, doch wenigstens mußte ich nicht losziehen und Arbeit suchen. Was Ruby anging, der bekam einen Posten bei einer anderen Wirtschaftsprüfungsfirma – und dazu zehn Dollar mehr als in seinem alten Laden. Er sagte, er stünde Todesängste aus, sein neuer Chef könnte erfahren, daß er ein Ex-Häftling sei; doch wenn er die Absicht hatte, seine Verbrecherkarriere aufzugeben, so ging das aus seinen Worten nicht hervor. Manche Leute ändern sich wohl nie.

Der Mann, der grinsend im Pferdegeschirr starb

ARTHUR PORGES

Ich habe mit Lieutenant Ader schon so manchen ungewöhnlichen Fall erlebt. Als einziger qualifizierter Gerichtsmediziner im Bezirk helfe ich der Polizei von Norfolk ab und zu, da sie dem eigentlich zuständigen Gerichtsmediziner nicht traut, der ein politischer Versager ist. Man könnte mich als inoffizielles Kriminallabor bezeichnen – mich, Dr. Joel Hoffman.

Von allen phantastischen Mordfällen, um die wir uns gemeinsam gekümmert haben, war wohl der am verrücktesten, welcher später die Überschrift bekam: *Der Mann, der grinsend im Pferdegeschirr starb.* In diesen Worten liegt eine Art verrückter Rhythmus, der mich reizt.

Der Fall begann mit dem rätselhaften Tod Leonard Bugg Lakewoods, der in einer der älteren Familien Norfolks die führende Rolle spielte.

Ich untersuchte gerade eine Gewebeprobe unter dem Mikroskop, als Lieutenant Ader im Pasteur-Krankenhaus vorbeischaute, um mich um Rat zu fragen.

»Eine wirklich schwierige Sache, Joel«, sagte er. »Sieht nach natürlicher Todesursache aus – Herzschlag –, aber der Familienarzt ist sich dessen nicht ganz sicher, und auch mir gefällt das ganze Drumherum der Sache nicht. Ich wollte das mal ein bißchen mit Ihnen besprechen, ehe ich eine Obduktion anordne.«

Ich seufzte. Diese Fälle erweisen sich neunundneunzigprozentig als gänzlich harmlos – doch ehe das Unnatürliche ausgeschaltet werden kann, ist mühselige Laborarbeit erforderlich. Immerhin sollte die Öffentlichkeit Leuten wie Ader dankbar sein, die sich nicht automatisch für die einfachere Lösung entscheiden. Außerdem hat er eine bemerkenswerte Nase für Morde.

»Schön«, sagte ich. »Geben Sie mir einen groben Überblick, darauf bauen wir dann auf.«

In solchen Dingen ist Ader sehr präzise, als müsse er vor Gericht aussagen; man bekäme einen ordentlichen Kurzbericht über den Fall zusammen, würde man seine Worte niederschreiben. Anscheinend war Lakewood, ein dreiundsechzigjähriger Mitbürger, eine Art wohlwollender Tyrann – na, vielleicht war er nicht ganz so wohlwollend. Er legte Wert auf Tradition und war stolz auf seine englische Abstammung, die sich bis auf William den Eroberer zurückverfolgen ließ. So wie er es – oft und laut – erzählte, hatten die Lakewoods für Charles I. gekämpft, Aristokraten aus dem revolutionierenden Frankreich herausgeschmuggelt und waren mit der Leichten Brigade gefallen. Natürlich handelte es sich nicht jedesmal um denselben Vorfahren.

Mindestens einmal im Jahr, entweder zu Weihnachten oder zur Wiederkehr irgendeines historischen Lakewood-Triumphs, veranstaltete er eine Familienfeier im alten Stil – Ereignisse, wie man sie in den ›Pickwick-Erzählungen‹ oder in Irvings ›Bracebridge Hall‹ beschrieben findet. Es reizte den Mann, uralte Zerstreuungen wieder aufleben zu lassen und seine armen Verwandten zu zwingen, um der Preise willen daran teilzunehmen.

»Da hätten Sie Ihr Motiv«, sagte ich leichthin. »Wegen solch einer üblen Sache könnte jeder umgebracht werden. Hat er auf der Veranda einen Maibaum errichtet?«

»Das halten Sie wohl für an den Haaren herbeigezogen, wie?« brummte Ader. »Dabei hat es bei den Lakewoods durchaus schon schöne Maifeiern im Stil des achtzehnten Jahrhunderts gegeben. Diesmal aber war es eine ganz normale Sache, nur der engere Familienkreis war beisammen. Das Neueste an alten Spielen war ein ländlicher Zeitvertreib, der ›Durch das Pferdegeschirr grinsen‹ genannt wurde.«

»Haben Sie ›grinsen‹ gesagt? Und das durch ein Pferdegeschirr?« fragte ich.

»Gewiß doch. Die Leute gedachten eines Lakewood, der einem Cromwell-General in die Kehrseite geschossen hatte. Das Spiel geht folgendermaßen: Man hängt ein Kummetgeschirr auf. Dann stellt sich jede Person dahinter und schneidet Fratzen, wobei ihr Gesicht von dem Ding gerahmt wird. Wer die meisten Lacher bekommt, hat gewonnen.«

»Auf dieser Basis hätte Red Skelton König von England werden können. Was bekommt der Sieger denn – ein Pferd für das Geschirr?«

»In diesem Fall«, sagte Ader mürrisch, »scheint der Preis ein tödlicher Herzschlag gewesen zu sein. Der alte Mann trat als letzter auf. Er hatte eben den Kopf durch das Kummet gesteckt und mimte wie verrückt, als er plötzlich – *peng!* – eine Art epileptischen Anfall bekam und zu Boden sank – mausetot. Ich bitte Sie, was hat das zu bedeuten?«

»Was soll daran fraglich sein? Der Mann war immerhin über sechzig Jahre alt. Zuviel Aufregung. Gab es früher schon Anzeichen für Epilepsie?«

»Das ist der springende Punkt – keine. Der alte Herr war so gesund wie ein Stier. Das einzige Mal war er während des Ersten Weltkriegs im Krankenhaus – mit einer Verwundung.«

»Nur mal angenommen, es liegt ein Verbrechen vor – wer sollte ihn umbringen wollen?«

»So wie ich die Dinge sehe, kommt in der Familie jeder in Frage.«

»Sie scheinen das aus ziemlich schiefem Blickwinkel zu sehen. Hält die Polizei von Norfolk sämtliche Väter und Mütter für wahrscheinliche Mordopfer?«

»In der Durchschnittsfamilie geht die Tendenz mehr zur Gewalttätigkeit, als sich die meisten Leute klarmachen«, sagte Ader ernst. »Die Eltern klammern sich in diesem Land zu sehr an ihre Kinder.«
»Nun wollen wir mal nicht den Psychiater spielen«, forderte ich. »Wen haben wir denn alles in der mörderischen Lakewood-Familie?«
»Also, hier ist die Liste«, sagte Ader. »Da wäre zunächst seine zweite Frau Ethel, etwa fünfundvierzig Jahre alt. Zwei Söhne: Walter, vierunddreißig, und James, zweiunddreißig – beide von der ersten Frau. Dann eine Tochter von ihm und Ethel – sie ist dreiundzwanzig.«
»Was ist aus seiner ersten Frau geworden?«
»Sie hielt es nicht mehr aus. Ließ sich kurz nach James' Geburt von ihm scheiden.«
»Die beiden Söhne sind vermutlich verheiratet.«
»O nein«, entgegnete Ader energisch. »Beide sind ledig und haben kein bißchen Spaß an ihrer Freiheit.«
Ich hob die Augenbrauen, und er fuhr fort: »Da hätten wir gewiß ein hübsches Motiv. Soweit ich weiß, hat der alte Knabe die Familie finanziell geknechtet; und selbst wenn die Söhne mal junge Frauen kennenlernten, so entsprachen sie doch nie dem von Papa für die Lakewoods erwünschten Standard. Wenn man das zur Aufteilung von knapp einer Million Dollar in Aktien und sonstigen Wertpapieren hinzunimmt . . . Eine verrückte Situation. Die Jungen durften niemals für ihren Lebensunterhalt arbeiten. Irgendwie lebte ihr Vater noch im achtzehnten Jahrhundert, in einer Zeit, da Gentlemen sich nicht im Berufsleben umtaten.«
»Wie hat er dann eine Million Dollar zusammenbekommen?«
»Ah, erben ist natürlich erlaubt. *Sein* Vater war ein großer Wirtschaftsboß – Öl, nehme ich an.«
»Die Söhne sitzen also nur herum und spielen die hohen Herren.«

»Nicht ganz – das ist ja das Schlimme. Der Alte steckte zu tief im viktorianischen Jahrhundert. Sie durften nicht arbeiten, mußten aber Griechisch und Latein studieren. Und die Zerstreuungen eines Gentleman – Wein, Frauen und der Spieltisch – waren ebenfalls tabu. Sie studierten auf dem College offiziell ausschließlich die klassischen Fächer – doch beiden Söhnen gelang es, etliche Wissenschaftskurse zu belegen. James versuchte es mit der Chemie und Walter mit der Physik, doch dann kam Lakewood dahinter, und es war mit der Selbstherrlichkeit schnell wieder vorbei. Was Jeanette betraf, der alte Knabe wußte es nicht, doch sie lernte heimlich Steno und Schreibmaschine und hätte sich beim geringsten Anlaß abgesetzt. Allerdings gab es zu keiner Zeit offenen Widerstand.«
»O Mann!« sagte ich. »Jetzt begreife ich, was Sie mit Motiv meinen. Trotzdem scheint es mir auf den ersten Blick doch mehr ein natürlicher Tod zu sein. Warum zweifeln Sie?«
Er zuckte die Achseln. »Zum Teil ist es Instinkt, zum Teil auch der Familienarzt. Er meint, der Anfall weise alle klassischen Symptome der Epilepsie auf, die jedoch in der Familie noch nie vorgekommen sei. Und er findet, daß ein tödlicher Anfall ohne Vorwarnung sehr ungewöhnlich ist. Außerdem gab's da irgendwelche Probleme mit der Beleuchtung.«
»Welche denn?«
»Als Lakewood im Kummet seine Grimassen schnitt, flackerten kurz sämtliche Lampen – und dann erlitt er den Herzschlag.«
»Denken Sie an einen elektrischen Schlag?«
»Zuerst ging mir das durch den Kopf. Aber ich brauche keinen Experten, um davon wieder abzurücken. Der Mann hatte ein ganz normales Herz. Ein leichter Stromstoß hätte da nichts genutzt – und es gibt keine Verbrennungen, die von hohen Stromspannungen herrühren. Es ist verdammt schwer, einen gesunden Mann, der auf trockenem Boden steht, mit

elektrischem Strom zu töten. Da braucht man schon sehr gute Kontakte und über mehrere Sekunden eine hohe Spannung. Er hat das Geschirr auch gar nicht lange angefaßt; und die ganze Familie war im Zimmer versammelt – und außer Reichweite.«

»Wie sind Sie dann offiziell in den Fall hineingeraten?«

»Durch den Arzt. Er möchte ohne Obduktion den Totenschein nicht unterschreiben. Ein guter Mann.«

»Muß Dr. Lewis sein; er ist hier der einzige erstklassige Arzt.«

»Erraten.«

»Na, jedenfalls liegt die Entscheidung bei Ihnen«, kam ich zum Thema. »Sie haben juristisch das Recht, eine Obduktion zu verlangen.«

»Ich weiß«, sagte er bedrückt. »Aber wenn ich mich irre, wird der Staatsanwalt mich ans Kreuz nageln, ganz zu schweigen von der Familie.«

»Trotzdem möchten Sie eine haben.« Ich kenne doch Ader. Mit einem amtlichen Haftbefehl würde er notfalls Freitag den Dreizehnten in die Hölle hinabsteigen und den Teufel persönlich am Schwanz herauszerren.

»Angesichts der Einstellung von Lewis habe ich keine andere Wahl. Die Leiche wird Ihnen heute abend gebracht. Schauen Sie gründlich nach, ja? Bitte Ihre Eins-A-Autopsie.«

»Verstanden und Ende. Lassen Sie mich jetzt bitte mit meinen Krebszellen weitermachen.«

Am nächsten Tag nahm ich die Obduktion an Lakewood vor. Der Routine folgend, begann ich am Schädel. Und damit erübrigte sich die weitere Suche auch schon. Mein Fund bereitete mir eine gehörige Überraschung: Der alte Mann hatte eine Metallplatte im Kopf sitzen, ein Stück Platin, wie es im Ersten Weltkrieg gebräuchlich war. Anscheinend hatte er eine schlimme Schädelwunde davongetragen, wahrscheinlich von einem Granatsplitter, und brauchte die Platte zum Schutz des Gehirns, bis sich neuer Knochenwuchs zeigte. Im Laufe der Jahre hatte der Knochen das Metall bedeckt, so daß der Kopf äußerlich so gut wie neu war. Platin ist ein Edelmetall und korrodiert nicht so leicht. Nach vierzig Jahren aber war die dünne Platte doch leicht angedunkelt und verfärbt, was mir seltsam erschien. Noch mehr rätselte ich jedoch am Gehirngewebe rings um das Platin herum. Es war völlig zerstört. Ich bekam keinen Sinn hinein. Hier lag kein normaler Gehirnschlag vor, der von einer geplatzten Ader ausgelöst worden war; dazu war der Schaden zu ausgedehnt und ungewöhnlich. Das Gewebe sah eher so aus, als wäre Säure eingespritzt worden oder ein heißer Schürhaken am Werk gewesen. Und doch war äußerlich kein Härchen gekrümmt. Wenn das Gehirn von einer Nadel, Hitze oder Elektrizität berührt worden war, dann auf keinen Fall durch Kopfhaut und Schädelknochen. Es war ein Rätsel.

Ich setzte die Obduktion pflichtgemäß fort, rechnete aber nicht damit, etwas anderes zu finden – und sah mich darin bestätigt. Natürlich standen noch die mikroskopischen und chemischen Tests auf dem Programm, die mehrere Wochen in Anspruch nehmen konnten, doch sie schienen unangebracht. Lakewoods Tod ging zweifellos ausschließlich auf tiefgreifende, ausgedehnte Gehirnverletzungen zurück. Und doch sah es so aus, als wäre Aders und Lewis' Mißtrauen begründet, da sich in der Literatur nirgendwo eine natürliche Ursache für solche Verletzungen fand.

Dies alles meldete ich dem Lieutenant, der sich nicht gerade erfreut zeigte.

»Vielen Dank für die Informationen, Joel, aber solange wir das ›Wie‹ und ›Warum‹ nicht kennen, bekommen wir unseren Fall nicht zusammen. Wir wissen ja nicht mal genau, ob es wirklich Mord war. Vielleicht gibt es natürliche Ursachen – einen verrückten Zufall oder eine neuartige Krankheit.«

»Das wäre möglich, aber doch höchst unwahrscheinlich.

Jedenfalls würde es mir schon weiterhelfen, alles über die Feier zu erfahren. Gedenken Sie, die Familie noch einmal zu verhören?«
»Es bleibt mir nichts anderes übrig. Beim letztenmal habe ich nur die Grundtatsachen zusammengetragen. Wenn Sie mitkommen wollen . . .«
»Und ob!«
Er kündigte an, daß er mich am nächsten Morgen abholen würde, und ging. Über Nacht beschäftigte ich mich konzentriert mit dem Problem, kam jedoch nicht weit. Es heißt, ein Ei läßt sich nicht vergiften, ohne daß die Schale durchstochen wird, was dann die Tat verraten würde. Damit schien eine Phase meines Problems richtig beschrieben zu sein. Wenn Lakewood ermordet worden war, mußte der Täter an sein Gehirn herangekommen sein, ohne Kopfhaut oder Schädelknochen zu durchstoßen. Außerdem hätte er – oder sie – die Tat dann begangen, ohne in die Nähe des Opfers zu kommen. Auf den ersten Blick war diese Theorie dermaßen an den Haaren herbeigezogen, daß Ader vielleicht doch recht hatte: Womöglich hatten wir es hier mit einer neuen Krankheit zu tun. Noch immer grübelnd, entschlummerte ich schließlich zu später Stunde.
Am nächsten Vormittag holte Ader mich um neun Uhr ab, und wir fuhren zum Anwesen der Lakewoods hinaus, einem riesigen, griechisch anmutenden Landhaus, das inmitten eines weiten Grundstücks stand. Wir holten die Familie zusammen und quetschten sie aus. Man begegnete uns mürrisch, aber passiv; der alte Herr hatte offenbar allen den Schneid abgekauft, was uns die Arbeit erleichterte. Während Ader sein Verhör durchführte, musterte ich jeden einzelnen eingehend, als hoffte ich, auf diesem Wege einen Mörder auszumachen.
Ethel Lakewood war eine verblaßte, nervöse Frau, die an eine Tanzmaus denken ließ. Als Mörderin kam sie äußerlich kaum

in Frage, nur durfte man sich danach nicht richten. Es gibt keine typischen Merkmale für einen Mörder.

Walter, der ältere Sohn, war ein hagerer, hektischer Typ mit funkelnden, unduldsamen Augen. Er hatte dichtes, borstiges Haar, das ihm das Aussehen eines jener Karikatur-Bolschewiken gab, wie sie vor einer Generation populär waren. Er hatte eine erstaunlich tiefe Stimme, die eher zu einem viel massiger gebauten Mann gepaßt hätte.

Der andere Sohn, James, versuchte noch immer, den College-Jüngling zu spielen. Vielleicht war er der Ansicht, der Alte habe seine Kinder um die Jugend gebracht, und klammerte sich jetzt an seine eigene Frühzeit. Ein kahl werdender Zweiunddreißigjähriger, im Gesicht schon ziemlich rundlich geworden, sieht allerdings nicht wie ein Jung-Student aus.

Den einzigen erfrischenden Anblick in dieser Versammlung bot Jeanette, ein schlankes, dunkelhaariges Mädchen mit einer tollen Figur und Augen, die vor Leben nur so sprühten. Offensichtlich war es Lakewood noch nicht gelungen, sie zu unterdrücken, und unwillkürlich freute ich mich, daß es ihm nun nie gelingen würde.

Da sich James am besten ausdrücken konnte, ließ Ader ihn praktisch allein reden. Er holte das Pferdegeschirr und zeigte uns, wie es in der Tür des großen Wohnzimmers aufgehängt gewesen war. Der lange Flur dahinter lag im Dunkeln, so daß sich in der strahlenden Helligkeit des Zimmers jedes Gesicht im Geschirrkranz deutlich abzeichnete und jede Grimasse bestens zu erkennen war.

Während James unentwegt redete, sah ich mir das Ding an. Er war entzückt, sich unter das gemeine Volk mischen zu dürfen, anscheinend aus Mangel an Gesellschaft. Meinem unerfahrenen Auge schien das Kummet einer riesigen Toilettenbrille zu ähneln, aber schließlich habe ich wenig Erfahrung mit Zugpferden, wohingegen ich auf Rennpferde ab und zu schon mal einen Dollar riskiere.

»Schildern Sie uns das mal genau«, forderte Ader den anderen auf. »Hing das Ding da einfach in der Tür, oder war da noch ein besonderer Dreh?«
»Das Kummet war hier befestigt«, antwortete James. »Natürlich hatten wir es festgezurrt, damit es sich nicht drehen konnte, und es war auch geschmückt. Mit allen möglichen bunten Papierbändern. Walter hat das alles aufgebaut. Vater wußte nicht recht, ob sich das so gehörte, aber Walter hatte es in einem Buch gelesen.«
»Er wußte über alte Sitten und Gebräuche nicht ganz so viel, wie er sich einbildete«, grollte Walter in seinem unpassenden Baß.
James schnalzte mit der Zunge. »Er wunderte sich, daß du tatsächlich mal etwas nachgeschlagen hattest«, sagte er. »Normalerweise war dir das Ganze so gleichgültig wie uns allen. Wir wollten die dumme Party doch nur hinter uns bringen, egal wie präzise die Spiele abliefen. Wir ließen ohnehin immer Vater gewinnen. Dann kam man besser mit ihm aus.«
»Aber, ihr beiden!« zwitscherte die Mutter. »Ihr wißt doch, daß das alles immer sehr amüsant war.«
»Du brauchst uns nichts vorzumachen, Mutter«, sagte Jeanette entschlossen. »Dir war das alles so verhaßt wie uns. Die Menschen müssen in der Gegenwart leben. Vater war geistig durcheinander – warum sollen wir das nicht zugeben?«
»Also, Jeanette . . . ich habe niemals . . .« Die kleine Frau glich einem aufgeregten Papagei.
»Was ist mit den Lampen?« schaltete sich Ader ein. »Soweit ich weiß, haben sie seltsam geflackert.«
»Stimmt«, sagte James, der begierig schien, das Wort wieder an sich zu reißen. »Du erinnerst dich bestimmt, Mama – Vater schnitt gerade seine Fratzen und zog sich mit den Fingern die Mundwinkel auseinander, als die Lichter schwächer und dann wieder heller wurden. Daraufhin torkelte er zurück und hatte einen wilden Ausdruck im Gesicht. Er schlug die Hände an

den Kopf und stürzte nach vorn zu Boden. Unter dem Pferdegeschirr hindurch rollte er zu uns ins Zimmer, und als wir ihn erreichten, war er bereits tot.«
»Wie steht es mit den Stromleitungen?« fragte Ader. »Waren Sicherungen durchgebrannt?«
»O nein, nein«, sagte Mrs. Lakewood. »Wir haben ja elektrische Öfen und Klimaanlagen und Geschirrspüler im Haus – da mußten wir besondere Leitungen legen lassen, nicht wahr?«
»Stimmt«, sagte James. »Es bestand eigentlich kein Grund für das Flackern. Vielleicht eine Schwankung im Netz.« Wieder kicherte er schrill. »Mag sein, daß sich draußen ein Spatz auf die Leitung gesetzt hat. Walter weiß das sicher besser als ich – er ist hier bei uns der Physiker.«
»Und was für einer!« dröhnte der Bruder. »Ich hab' grade zwei kurze Semester geschafft, ehe der Alte sich einmischte.«
»Papa wollte, daß er Griechisch und Latein studierte«, fügte Jeanette hinzu. »Er meinte, mehr brauchte ein Gentleman nicht. Tote Sprachen. Und für mich Musik und Stickzeug – brr!«
»Ich bitte dich, Jeanette!« protestierte die Mutter. »Red nicht so.«
»Hat jemand während Mr. Lakewoods Auftritt das Zimmer verlassen?« fragte Ader.
Die Familienmitglieder sahen sich an.
»Mutter war hier, ebenso Jeannie«, sagte James. »Und Walter, der saß im Sessel dort.«
»Stimmt«, sagte Walter. »Wir waren alle hier. Niemand hätte gewagt, sich zu entfernen, während Vater seine Schau abzog.«
Ader schienen keine weiteren Fragen einzufallen, und er beendete die Konferenz. Er nahm das Pferdegeschirr mit, da es das einzige Beweisstück war, das dieser Fall zu liefern schien. Weder er noch ich knüpften große Hoffnungen daran. Er nahm es wohl nur mit, weil es sonst nichts Konkretes gab.

Und auch so gab er das Problem sofort an mich weiter.
»Wenn der alte Knabe ermordet wurde«, knurrte er, »hatte vielleicht dieses Ding damit zu tun – fragen Sie mich nicht, wie. Nehmen Sie's mal mit ins Labor, schauen Sie es sich an.«
»In Ordnung«, sagte ich. »Den Schädel schaue ich mir auch noch einmal an. Was wir bisher wissen, ist alles andere als befriedigend. Vielleicht hab' ich was übersehen.«
Kein Zweifel, Ader war alles andere als glücklich. Wenn es sich erweisen sollte, daß wir der Familie die Leiche umsonst weggenommen und daran herumgeschnippelt hatten, würde der Staatsanwalt ihn aufs Korn nehmen.
Am gleichen Nachmittag legte ich das Kummet auf einen Tisch und untersuchte es eingehend. Die anderen Leute im Labor leisteten sich auf meine Kosten allerlei Scherze. Ich möchte darauf verzichten, ihre Bemerkungen über Pferdeärzte zu wiederholen und die Fragen, ob der Patient einer Kolik erlegen sei.
Das Kummet bestand aus lederbezogenem Holz und strömte noch einen leichten Stallgeruch aus. Einige winzige Knubbel, bei denen es sich um Nägelköpfe handelte, bildeten ein hübsches Muster, und alles in allem besaß das Ding die soliden Proportionen eines wahrhaft nützlichen Gegenstandes. Aus einem bestimmten Winkel machte ich zahlreiche dünne Streifen aus, als wäre da etwas in engen Windungen um das Rund gewickelt worden, nahm aber an, daß es sich um die Spuren der Ausschmückungen handelte.
Da ich mit dem Geschirr nicht weiterkam, beschloß ich, mir Lakewoods Kopf noch einmal anzuschauen. Als ich diesmal gründlich nachschaute und Schädel und Knochen drehte und absuchte, fiel mit leisem Klicken etwas auf die Tischplatte. Ich nahm es auf und entdeckte zu meiner Überraschung eine Silberfüllung.
Das Gebiß des alten Mannes hatte ich eher beiläufig untersucht und dabei festgestellt, daß er zu den wenigen Glückli-

chen gehörte, die auch nach dem sechzigsten Geburtstag noch den größten Teil ihrer natürlichen Zähne besitzen. Jetzt schaute ich mich noch einmal im Mund um. Die Silberfüllung war die einzige metallene Zahnreparatur, ansonsten entdeckte ich noch einige Plastikkronen. Ich fragte mich, wieso die Füllung locker geworden und herausgefallen war. Lag hier ein Zufall vor? Ich konnte mich des Gedankens nicht erwehren, daß da ein Zusammenhang winkte, der mir auf lockend-qualvolle Weise immer wieder entwischte.

Den endgültigen Durchbruch erzielte ich wenige Minuten später. Ich kehrte zum Kummet zurück, um es fortzustellen. Als ich es jedoch hochhob, bemerkte ich, daß an einer Stelle des Runds eine Büroklammer haftete. Ich zog sie fort, und darunter kamen Nägelköpfe zum Vorschein. Ich brachte die Büroklammer an anderen Stellen mit dem Muster in Berührung, und sie klebte dort ebenfalls fest. Die kleine Klammer selbst war nicht magnetisiert, das stellte ich schnell fest; also mußten die Nägel magnetisch sein. Wie war es dazu gekommen?

Ich nenne mich zwar scherzhaft ein Ein-Mann-Kriminal-Labor, bin aber doch in erster Linie Gerichtsmediziner. Ich habe keine Ahnung von Elektrizität und Magnetismus und hätte lieber einen Elefanten auseinandergeschnitten, als mich am Staubsauger meiner Frau zu schaffen machen. Wie jeder wissenschaftlich gebildete Mann vermag ich aber Informationen aufzuspüren. In diesem Fall begnügte ich mich mit einfachen Erkundigungen. Ich besuchte Professor Harry Matison, der im Technologischen Institut von Norfolk Physik lehrt. Was er mir erzählte, brachte den Fall sofort in ein entscheidendes Stadium.

Um magnetisch zu werden, hätten die Nägel einer nach dem anderen mit einem Magneten berieben werden müssen – was wohl kaum praktisch ist –, *oder* das ganze Kummet hätte einem starken Magnetfeld ausgesetzt sein müssen. Letzteres

setzte voraus, daß das Pferdegeschirr durch eine unter Strom stehende Spule geführt wurde oder, was eher anzunehmen war, daß man Drähte um das Leder wand, um das ganze Gebilde zu einer großen Spule werden zu lassen.
»Schön«, sagte ich zu Harry, während meine Erregung zunahm. »Nun nehmen Sie einmal an, das Kummet wäre mit Draht umwickelt und stände unter Strom – würde das einen Mann töten, der den Kopf hineinsteckt?«
»Mit Strom töten? Nein, nein, nein – man könnte den Schädel den ganzen Tag hineinstecken. Aber wenn Sie ein Stück Metall in der Hand hielten – ein gut leitendes Metall wie Stahl oder Aluminium –, und zwar innerhalb der Spule, dann wäre das Ding in Sekundenschnelle weißglühend. Das heißt«, fügte er hastig hinzu, »wenn man genügend Windungen und die richtige Spannung hat. Doch nur Metall wird auf diese Weise beeinflußt. Mit solchen Induktionsströmen schmilzt man Erze in einem Vakuum – kein Draht braucht das Metall zu berühren.«
»Nehmen wir einmal an, der Mann hatte eine Platinplatte im Schädel.«
Er pfiff leise durch die Zähne.
»Sie sind der Gerichtsmediziner. Stellen Sie sich vor, das Stück Metall würde auch nur eine halbe Sekunde lang rotglühend werden – das wäre ohne weiteres denkbar. Was geschähe dann mit dem Gehirn?«
»Ich weiß, was damit geschehen ist«, sagte ich ernst. »Würde so etwas auch auf metallene Zahnfüllungen wirken – sie beispielsweise weiten und lockern?«
»O ja«, sagte er, »Sie würden glatt an die Decke gehen. Stellen Sie sich eine rotglühende Füllung auf einem Nerv vor!«
Na, das brachte die Sache ans Tageslicht. Aders Männer fanden in Walters Zimmer winzige Drahtreste – er war der frustrierte Physiker der Familie, wie Sie sich erinnern werden. Es bereitete dann keine Mühe mehr, ihn als Erwerber von ziemli-

chen Mengen Draht zu ermitteln. Er hatte sich erboten, das Kummet vorzubereiten, und fand sogar einen Grund für die Abdeckung mit Schmuckpapier, um die Drahtspulen zu verbergen. Er wußte von der Verwundung des alten Mannes; die jüngeren Kinder und die zweite Frau hatten diese Tatsache anscheinend vergessen oder nie gewußt. Anschließend machte es keine Mühe, unter dem Teppich eine Leitung mit Schalter zu seinem Lieblingssessel zu legen. Als dann Lakewoods Kopf in der Öffnung des Pferdegeschirrs steckte, das in Wirklichkeit eine starke, elektrische Spule war, griff Walter lediglich hinter den Sitz und schloß eine Verbindung kurz. Die Metallplatte mußte augenblicklich rotglühend geworden sein, und das Ergebnis ähnelte einem tödlichen Epilepsieanfall.
Mit diesen Tatsachen konfrontiert, gab Walter den Widerstand auf und legte ein Geständnis ab. Hätte er uns zu bluffen versucht, wären wir wohl vor Gericht in Schwierigkeiten geraten, so phantastisch war die Wahrheit. Aber sein Vater hatte ihm das Rückgrat gebrochen, und er war es nicht gewohnt, für irgend etwas zu kämpfen. Bei der Urteilsverkündung benahm er sich so seltsam, daß er in ein Sanatorium eingewiesen wurde. Ich weiß nicht, ob er dort nicht besser aufgehoben war als zu Hause unter der Knute des Vaters.
Das Anwesen wurde verkauft; Mrs. Lakewood verließ die Stadt, und Jeanette erhielt nach kurzer Zeit einen Posten als Sekretärin beim Chef der Firma Star-Schallplatten.
James jedoch machte mir am meisten Freude. Er heiratete eine rothaarige Tänzerin, und es sieht so aus, als würde er seine Drittel-Million in Rekordzeit unter die Leute bringen.